DESAPARECIDA

Albert Fanné

DESAPARECIDA

EDITORIAL
LETRA MINÚSCULA

Primera edición: septiembre de 2025
ISBN: 978-84-1090-423-1
Depósito legal: B 18975-2025

Editado por Editorial Letra Minúscula
www.letraminuscula.com
contacto@letraminuscula.com

Dedico esta locura a mi mujer e hijas, que son lo más importante de mi vida.

Mis padres me enseñaron que la lectura es un tesoro, y les estoy muy agradecido por ello. Mamá siempre me anima a escribir... gracias, madre, te quiero.

PRÓLOGO

El primer premio de la Ciutat de Barcelona a la mejor novela de ficción fue otorgado, de forma unánime por los miembros del jurado, al escritor Jaume Sonyer i Sala.

El galardón será entregado en persona al autor, el 23 de octubre de 2023 a las 21 horas en el Museu Nacional d'Art de Catalunya por su última novela titulada: *Desaparecida*.

Lleno de ilusión, regresará después de toda una vida fuera de la ciudad. Recuerda su infancia, su juventud y sus inicios como escritor en la capital catalana, pero la desaparición de su novia lo empujó a iniciar una nueva vida en París. Dejando atrás a su familia y amigos, se despidió de su querida ciudad.

Tenía veinticinco años cuando sufrió el duro revés que nunca logró superar. Por ello, el tiempo y el trabajo se ocuparon de centrar su vida, intentando desconectar de todo aquello que le hizo mal en el pasado.

Años más tarde conoció a María en París, su actual esposa. Ella y Marisa, su preciosa hija, lo arroparán para recoger el susodicho premio. Jaume ha sido condecorado en múltiples ciudades de todo el mundo, pero nunca en Barcelona. Por eso, volver a la Ciudad Condal supone una inmensa alegría para él y su familia.

Se instalarán en el Ritz, en la Gran Vía de les Corts Catalanes...

La recepción era un ir y venir de maletas. Una mujer muy elegante se acercó y le pidió su atención:

—Disculpe, señor. Nos han dejado esta carta en recepción. Indica en el dorso que debo entregársela en mano. Lleva su nombre. Aquí la tiene.

Jaume se quedó extrañado, dándole las gracias. Cogió el sobre y le echó un vistazo rápido. Unas breves palabras rezaban: «Entregar en mano al Sr. Jaume Sonyer i Sala». Con un gesto tranquilo, lo metió en el bolsillo de su americana.

PARÍS, 1 DE OCTUBRE DE 2023

La suave brisa del Sena acompañaba los preparativos en el apartamento parisino. Flotaba una mezcla de emoción y un ligero nerviosismo mientras se acercaba la fecha del viaje a Barcelona.

—María, ya queda menos para viajar —dijo Jaume, interrumpiendo el silencio.

—Lo sé, cariño, tranquilo. Ya nos apañaremos para no molestarte mientras trabajas —respondió María, con esa media sonrisa de complicidad que tanto le gustaba a su marido.

—Me hace mucha ilusión volver a Barcelona —afirmó Jaume con una sonrisa tierna. Parecía preparado para regresar a su ciudad. María lo observaba feliz, y eso la tranquilizaba. De gesto amable y complexión delgada, el escritor ya dejaba entrever algunas canas en su cabello desordenado. Sus pequeños ojos poseían un brillo singular. Siempre resultó muy atractivo.

El primer ensayo en 1982 lo catapultó a la fama, siendo catalogado por la prensa como «el joven más talentoso del año». Sin embargo, esa prometedora etapa se vio truncada pocos meses después. Todo en Barcelona le recordaba a Ana. La joven desapareció sin dejar rastro, a pesar del gran despliegue policial. Al cabo de diez años, Ana fue declarada oficialmente muerta, un trágico desenlace que marcó profundamente a Jaume y lo impulsó años atrás a buscar un nuevo comienzo lejos de su ciudad.

María conocía su pasado y sentía tristeza por el dolor que Jaume había arrastrado durante todos esos años. Era un hombre de firmes principios y profundos valores humanos, una buena persona en esencia. Despistado como cualquier creador y enamorado de su esposa, jamás haría nada que pusiera en duda su amor.

—Dime, Jaume... ¿está todo bien? Te noto un poco intranquilo. ¿Te sientes con fuerzas? —preguntó con ternura.

—Claro que sí, cariño. Han pasado demasiados años desde que me fui. Es hora de volver y pisar las calles de mi niñez... ¿no crees?

—Me parece fantástico, amor. ¡Vamos allá! Tengo muchas ganas de pasear por las Ramblas y comprar algún trapito en una de esas tiendas del *Passeig* de Gràcia.

María era feliz, pero la duda siempre acechaba en su interior: ¿había cicatrizado realmente la herida que dejó la desaparición de Ana? Jamás se atrevió a preguntarle directamente, prefirió dejarlo tranquilo. Demasiados años habían transcurrido como para remover viejas heridas. Cuando lo veía pensativo o con alguna lágrima furtiva, optaba por aferrarse a la idea de que recordaba a sus padres fallecidos o simplemente se perdía en sus mundos imaginarios. Esa era la creencia reconfortante que intentaba imponer a las punzantes especulaciones que a veces asaltaban su mente.

La idea de volver a Barcelona le generaba cierto vértigo, aunque confiaba en que Jaume estaba preparado. No creía que su regreso pudiera hacer tambalear todo lo que habían construido juntos. Aun así, estaría vigilante, siempre dispuesta a abrazarlo si era necesario.

María nunca quiso depender del dinero de Jaume. A pesar de que su nivel de vida era holgado —la marca Jaume Sonyer vendía novelas en todo el mundo—, ella trabajaba en una gestoría en el centro de París, dirigida por un viejo amigo de la familia.

La cuenta atrás para el viaje a Barcelona había comenzado y, con ella, una mezcla de ilusión e inquietud se instalaba en el aire.

Ágil y elegante, María se movía por las calles de la ciudad en su bicicleta, una parisina más, disfrutando de la ciudad. Su rostro reflejaba una felicidad contagiosa, una alegría que parecía inmune a cualquier sombra. Pretendientes nunca le faltaron. Era guapa, delgada, y los vestidos ceñidos a la cintura realzaban su figura con gracia. Se consideraba una mujer libre. La vida para ella era del todo maravillosa: una hija increíble y un marido que la adoraba. Sin embargo, bajo esa apariencia serena. Se escondía una mujer preocupada. María era un águila protectora con la mirada aguda, siempre mantenía un ojo vigilante sobre cualquier cosa que pudiera perturbar la estabilidad de su familia. Solo Jaume y Marisa conocían esa faceta protectora y, a menudo, bromeaban cariñosamente diciendo que parecía trabajar para la CIA. María no quería que se le escapara el más mínimo detalle, cualquier señal de amenaza. Una mujer de sonrisa cálida y amable, pero también una leona dispuesta a defender a su pequeña familia.

Quince de octubre, con solo siete días por delante para el viaje a Barcelona, la expectación crecía. Este premio trascendía cualquier otro reconocimiento anterior.

Las llamadas y mensajes colapsaban a su representante, organizando entrevistas, reportajes y actos públicos. Jaume estaba cada vez más nervioso. No era la primera vez que se enfrentaba a este tipo de eventos, pero sí la primera que lo hacía en Barcelona. Ese premio lo era todo: el reconocimiento de su ciudad, el reencuentro con el pasado... y sus propios miedos, una locura de emociones que se entrelazaban en su mente.

En el despacho, rodeado de libros y muebles de madera noble, Jaume caminaba pensativo. Uno intenta rehacer su vida, pero el pasado se aferra sin dar explicaciones, como una sombra persistente que nos acompaña siempre, allá donde estemos y sin importar cuánto tiempo haya transcurrido, llevando consigo todo el bien y el mal vivido.

—Tantos años fuera de casa... —susurró.

Podía haber regresado en cualquier momento, pero nunca se atrevió. Las heridas aún dolían. No quiso jugársela. Había sido invitado innumerables veces por amigos, editoriales e incluso instituciones culturales, pero su respuesta siempre fue un no. Se negaba a remover el pasado. Tampoco tenía claro su reacción.

Mientras la vida familiar seguía su curso habitual, ajena a la creciente agitación interna de Jaume, él se encontraba solo en su despacho. María y Marisa habían salido de compras. Irían a alguna pastelería parisina que adoraban, pasearían por *les* Champs-Élysées, revisarían cada tienda y almorzarían en algún restaurante que Marisa seguramente habría reservado con antelación. Jaume conocía cada detalle de sus rituales, y le encantaba verlas tan unidas. Mientras tanto, él daba vueltas por su oficina. Miraba por la ventana, observando cómo la vida seguía su curso allá afuera: bicicletas sorteando coches, gente apurada, otros paseando bajo la suave luz otoñal de París. La ciudad le fascinaba, pero amaba Barcelona, su bullicio mediterráneo y sus gentes, que eran las suyas.

Finalmente, se sentó en su silla de escritorio, un regalo de su amigo y representante Pol García, un tipo de barba descuidada y sonrisa franca. Habían crecido juntos, y Pol fue quien lo acompañó con una fe inquebrantable en todo su camino como escritor. Un lector apasionado y fiel como pocos.

Con un movimiento lento, casi ritual, Jaume abrió el cajón derecho del escritorio. Sacó una llave pequeña y antigua, cuyo metal frío sintió en la palma de la mano. Estaba escondida tras la hilera de libros, como un secreto largamente guardado. Respiró hondo, conteniendo una mezcla de anticipación y temor. Treinta años... treinta años habían transcurrido desde la última vez que había visto el contenido de ese cajón. Dentro, apiladas con el polvo del tiempo, había fotografías amarillentas, un cuaderno de tapas descoloridas que parecía un diario... todo aquel popurrí, metido dentro de un sobre de papel grueso.

Recordó haber recibido ese sobre en los años noventa. Nunca lo abrió. No estaba preparado. La boda con María y la llegada de Marisa lo hicieron cerrar esa etapa, aunque solo en apariencia. Sabía que Ana no había aparecido. Y eso era todo lo que necesitaba saber.

Al fin, iba a abrir el sobre... pero una llamada lo interrumpió.

—Hola, cariño, ¿cómo va todo? —Era María, con su voz dulce, como una bocanada de aire fresco.

—Bien... ¿y vosotras?, ¿por dónde andáis? —contestó, dejando caer el sobre y cerrando el cajón de golpe.

—¿Estás bien? —preguntó María, con una ligera preocupación en su tono—. ¿Seguro? —insistió, notando quizás algo extraño en su voz.

—Sí, sí, me había echado un rato. El móvil me sobresaltó. Todo bien —mintió, forzando ligeramente la voz—. Espero que no hayáis comprado medio París.

—Pues más o menos —intervino Marisa, riendo al lado de su madre.

—Pasadlo bien.

—Voy a repasar un poco la nota del discurso.

—Perfecto. Luego nos lo lees. Todo irá bien. Te queremos.

—Chao. Yo también.

Colgó. Jaume se quedó paralizado. No había hecho nada malo... pero la culpa era una sombra persistente que se dejaba ver de vez en cuando. Esa puerta del pasado seguía abierta. Y no sabía cómo cerrarla. Necesitaba hablar con alguien. Llamó a Pol.

—Hola, Pol. ¿Cómo estás?

—Estoy bien. Tú no lo estás, ¿verdad? Te conozco, amigo.

—Necesito hablar contigo.

—¿Quieres que vaya?

—Sí. Creo que sí.

Media hora más tarde, el timbre sonó. Jaume abrió sin más.

—Hola, Pol. Entra. El escritor le hizo una señal para que lo acompañara al salón, un ambiente agradable. Justo en frente de la puerta de la entrada del piso parisino.

—¿Qué te ocurre, Jaume? Estás nervioso por la vuelta. Lo sé. Pero tienes que ser fuerte. Ese pasado no puede seguir doliéndote. Afirmó, mirando fijamente a su amigo en cuanto lo tuvo delante.

—Gracias, Pol...

—Sé que Ana siempre tendrá un lugar en tu corazón. También fue importante para mí, aunque de una manera distinta. Ahora, es momento de hacer las paces contigo mismo.

Jaume no respondió. Solo lo miró y asintió con los ojos húmedos. Pol fue hacia el rincón del café. Puso a calentar agua. Sabía que esa conversación solo estaba comenzando... El escritor tomaba muchísimos cafés al día. Sirvió uno y se lo acercó a Jaume. Con un ademán en forma de brindis, ambos dieron un sorbo.

—Te he notado más preocupado de lo que me imaginaba. ¿Ocurre algo que debería saber, Jaume? —Pol preguntó con gesto inquieto.

—Sí... quizá sí.

—Dime lo que tengas en mente. Sácalo todo, Jaume.

Se dio la vuelta y dejó el café en la mesa que tenía a su lado. Como quien necesita vomitar y no puede, no le salían las palabras.

—¡Fue culpa mía! —Se derrumbó en el acto—. ¡Fue culpa mía! —Pol lo miró, sin entender.

—¿Pero qué coño dices? No me lo creo. ¿Qué hiciste?

—Irme a casa, Pol. Irme a casa...

Las lágrimas le empapaban el rostro por completo. Hablaba entrecortado y a veces no conseguía articular palabra. Pol no dijo nada. No estaba en condiciones de hacerlo. Sabía que Jaume tenía que vaciarse, soltar todo eso que había cargado tantos años.

—Sabes, Pol... Yo amaba con todo mi ser a Ana. Y la dejé colgada.

—¿Qué quieres decir? —preguntó Pol, sorprendido.

—La noche triste, ¿recuerdas cuándo os dejamos? Pol afirmó con la cabeza y el café en las manos. En cuanto subió al coche, empezamos a discutir. Me decía una y otra vez que no me quería. Había bebido mucho. Ya sabes cómo se ponía... —Buscó la aprobación en la mirada de su amigo.

—Sí, lo sé, Jaume. Lo recuerdo —contestó sin dudar. —«Era cierto. Todos tenemos un punto débil. Y el de Ana era la bebida... Se le iba el santo al cielo cuando abusaba del alcohol. A veces era insoportable. De vez en cuando, tomaba medicación para la ansiedad», pensaba Pol con la vista fija en ese recuerdo.

—Se puso a discutir. Chillaba como una histérica. Me pedía que la dejara salir del coche. Yo me negaba. Volvía a gritar, insultándome. Me pegaba con el puño en el hombro, diciéndome: «¡Cabrón! ¡Te odio, te odio!». Con los ojos inyectados en sangre. Su mirada era terrible. Yo... yo, Pol, no entendía nada. —Jaume lloraba mientras hablaba, como si lo hubiera vivido apenas una semana atrás—. Nunca trascendieron esas declaraciones. En cuanto cogí la calle Bori i Fontestà y pasamos por Turó Parc, me pegó. Te lo juro, Pol. Me pegó mientras conducía. Me obligó a dejarla en frente del parque. Íbamos a tener un accidente. Paré el coche y bajé tras ella. Se puso a correr. Chillaba pidiendo socorro. Un hombre salió de entre los árboles y me detuvo con brusquedad. Le dije que era mi novia. Pero me empujó y sé fueron juntos. Pensé que me llamaría al día siguiente... y hasta hoy, amigo. ¡La dejé colgada en el parque! Se la llevó el que probablemente fue su asesino. Nunca he podido lidiar con la culpa.

—¿No le dijiste nada de eso a la policía cuando lo denunciamos?

—Les dije que se fue en dirección a la calle Beethoven. Pero nada más. Me asusté. ¿Cómo podía decirles a sus padres que se fue con un desconocido y no hice nada? Éramos jóvenes. Pero yo... siempre fui, lo que se dice, un chico algo cobarde.

»Al llegar a casa, no fui consciente de lo que estaba pasando. Quise creer que se le pasaría la borrachera, que cogería un taxi o quizá me llamaría para ir a buscarla allá donde estuviera. El día siguiente fue el peor de mi vida... ¿Sabes? Llamé a casa de sus padres, de sus amigas, incluso a su tío Ramón, con quien tenía mucha confianza. Pero nada. Nadie sabía nada de ella. Eran las nueve de la mañana y teníamos vuelo a Mallorca a las tres de la tarde. Aún entonces, ingenuo de mí, creía que aparecería y nos iríamos con las prisas al Prat a coger el avión. Las maletas estaban hechas. Todo. Lo teníamos todo preparado para irnos de vacaciones. Siempre me arrepentiré de haber salido esa noche.

Jaume estaba destrozado, apoyado sobre la mesita del café, mirando a ningún lado, cómo queriendo encontrar explicación a lo que ocurrió... pero habían pasado cuarenta años desde aquel suceso.

Pol lo miraba aturdido. No pensaba encontrarlo de esa manera. Todos sabían que lo de Ana había sido un duro golpe, que seguramente lo llevaba atrapado dentro de sus entrañas para siempre. «¿Cómo puede vivir así?», se preguntó. Se acercó a su buen amigo y se fundieron en un fuerte abrazo, largo y emotivo. Ahora lloraban los dos. La historia removió muchos recuerdos en Pol, pero tenía claro que Jaume los sufría cada día de su vida.

—¿Sabes una cosa, amigo? Todos queríamos mucho a Ana. Y creo que, en el fondo, también sabíamos que esa relación no te haría bien a largo plazo.

—¿Cómo dices eso, Pol? Dime, ¿por qué dices esa tontería? —Jaume se mostró indignado.

—Ana era una persona maravillosa... en eso estamos de acuerdo. Pero el pronto que tenía era muy malo, y tú tenías un don. Escribías, ya por aquella época, de puta madre. Tus profesores y amigos lo reconocíamos. Te augurábamos un futuro fantástico. Y, aunque te siente mal, creo que hoy no estarías aquí si te hubieras casado con Ana. No te enfades, amigo. Pero tienes que salir, de una vez por todas, de esa oscuridad que tanto remueve tu alma.

Jaume no salía de su asombro. A veces, la obviedad se esconde justo delante de nuestros ojos, invisible para nosotros, pero palpable para quienes nos rodean. Igualmente, la culpa seguía anclada en su interior, una necesidad que quizás, paradójicamente, lo impulsaba a seguir adelante.

De pronto, el escritor cambió de tema, un giro inesperado como los que hacía en sus novelas. El tono triste se tornó amable, casi con una ligereza juvenil. Se pasó la mano derecha por los ojos, secando alguna lágrima que le había quedado en las mejillas. Miró a su amigo con un gesto ahora ya simpático.

—Necesito entradas para el Liceo, Pol. He leído que nuestro amigo Jonas está triunfando con *La Forza del Destino*, y quisiera ir con María y Marisa. ¿Las conseguirás?

—¡Joder! A buenas horas... pero lo intentaré. Si no las consigo, llamaré a alguno de tus amiguetes, a ver qué pueden hacer. Sabes que, según la fecha, será prácticamente imposible... ¿estamos? Además, tienes muchas tareas el mes que viene. Toda tu agenda está ocupada. Así que, si no las consigo, olvídate.

—Lo sé, amigo. Pero también sé que consigues todo aquello que te propongo —dijo Jaume, con una sonrisa cómplice. Los dos amigos sonrieron. Parecía que la charla, al menos por el momento, había llegado a su fin.

—Eres un cabronazo y lo sabes.

—Lo sé —contestó Jaume, suspirando.

Por cierto. No te vi más con la chica esa que trajiste, ¿cómo se llamaba? Era muy bonita, ciertamente.

—Maite, Maite se llamaba, pero esa fue la última vez que nos vimos después de todo lo que pasó —mintió.

—Lo entiendo, Pol, y de verdad que lo siento.

Entró una llamada.

—Hola, María, ¿ya estáis comiendo? —comentó Jaume, con un tono más ligero.

—Sí, aquí con tu hija, que, como siempre, se ha pedido un bistec… en un restaurante de pescados. Pero ya sabes… ¿Y tú qué tal?

—Estoy con Pol repasando unos temas.

—Ah, que bien. Dale un beso de mi parte. No nos esperes. Ahora toca repasar todo lo que nos hemos probado —dijo María, sonriendo.

De fondo se escuchó la voz de Marisa:

—Tranquilo, papá. Lo que os habéis ahorrado con el almuerzo lo pagaréis con el vestido. —Rieron los tres.

—Lo sé, cariño.

Colgaron. Esa llamada tenía mucho de «ojo de águila», y Jaume lo sabía. Siempre vigilante, con ese tono controlado, especialmente cuando algo podía trastocar la armonía familiar.

Pasaron a la oficina. Jaume se fue a cambiar; aún andaba con la bata y el pijama. Pol se quedó solo en la ya más que conocida oficina donde habían programado todo durante tantos años… Miraba los libros, testigos silenciosos de tantas lecturas y conversaciones compartidas. Recuerdos y más recuerdos flotaban en el aire. Pero ahí estaban los dos, enfrentándose a la vida, a su manera.

Dio una vuelta por la espaciosa oficina. De pronto, su mirada se detuvo en algo inesperado: el cajón que siempre permanecía cerrado… tenía la llave puesta.

—¡Joder! ¿Pero qué coño…? —soltó con sorpresa y una incredulidad que se podía palpar en el aire.

Miró hacia la puerta. El ruido del agua que provenía del baño confirmó que Jaume se estaba duchando. Salió sigiloso del despacho y, efectivamente, el sonido del agua era inconfundible. Volvió a entrar, moviéndose con la cautela de un intruso. Abrió el cajón. Había un sobre marrón, voluminoso, con algo de peso en su interior. Lo apoyó en el escritorio con sumo cuidado, evitando cualquier movimiento brusco. Sabía que ese escritorio era el sanctasanctórum de Jaume. Nadie, jamás, se atrevía a alterar su orden. Pero la curiosidad fue más fuerte que él.

Sacó algunos papeles y fotografías antiguas de Ana. En algunas, su sonrisa brillaba en medio del grupo de amigos de la universidad. Pol las contemplaba en silencio, con una punzada de nostalgia. Finalmente, decidió volcar todo el contenido sobre la mesa. Había documentos, informes de la policía —supuso que relacionados con la desaparición de Ana— y notas oficiales que indicaban el cierre de la búsqueda. Una fría corriente le recorrió la espalda. «¡Pero, amigo... ¿cómo sigues guardando estas cosas?!», pensó. Leyó por encima algunos folios, frases sueltas que hablaban de investigaciones fallidas.

Hizo un ademán para volver a meterlo en el cajón. Pero justo entonces escuchó la voz de Jaume acercándose, hablando en voz alta desde el pasillo. El sobre con las fotografías cayó al suelo con un golpe sordo. Las recogió a toda prisa, justo antes de que Jaume entrara. Tuvo tiempo de guardarlas dentro del bolsillo interior de su americana, cuyo generoso tamaño se lo permitió.

Jaume apareció tranquilo, con el torso desnudo y secándose el pelo con una toalla blanca.

—¿Te ocurre algo, Pol? —preguntó curiosidad.

—¡No, no! Qué va... Estaba recordando lo que hemos hablado. Estas paredes llenas de libros que tantas veces hemos comentado... Me entró una especie de nostalgia. Pero ya estoy bien —mintió con una sonrisa forzada.

—Lo sé, Pol. Es normal. Disculpa que no te hubiera contado nunca lo que pasó aquel día... Volver a Barcelona ha removido muchas cosas. ¡Puf! Tenía que sacarlo. Y, como siempre, me has ayudado... te lo agradeceré siempre.

Después de un rato conversando sobre cómo afrontar el viaje y sobre la dichosa prensa que los esperaría con avidez, se despidieron con otro abrazo, cargado de una comprensión tácita. Pol regresó a su casa. Todo había terminado bien en apariencia. Solo esperaba que su viejo amigo no echara en falta el sobre que ahora reposaba oculto en su chaqueta.

Estaba solo. Amélie trabajaba hasta tarde. Se quitó la cazadora con cuidado, la dejó sobre la mesa del comedor y extrajo el sobre marrón, las manos le temblaban ligeramente. Titubeó antes de abrirlo. Ese objeto pesaba más de lo que su tamaño sugería. No por su contenido físico, sino por el espectro de verdades ocultas que intuía en su interior. Ana volvía, desde las sombras del pasado, como una verdad que nunca debió salir a la luz. Por un instante, pensó en guardarlo, en devolverlo sin abrir. No tenía derecho a leerlo. Era el diario de Ana. Su amiga.

—¡No! —dijo chillando casi con rabia, como si se negara a enfrentar lo que vendría.

Cerró el sobre con furia y lo dejó caer al suelo. Dio unos pasos agitados por la sala, respirando con dificultad;

el corazón le latía con fuerza en el pecho. Pero la curiosidad, implacable, volvió a remover sus entrañas. Se agachó, recogió el sobre y lo abrió. Dentro, entre los documentos policiales ya hojeados, encontró lo que su mente se resistía a creer: ¡el diario de Ana, acompañado por las malditas fotografías!

Y entonces lo sintió. Un golpe seco en el pecho, como si el aire se hubiera retirado de sus pulmones. Tiró el diario al suelo, parecía quemar sus dedos. No podía respirar. Una ansiedad profunda lo dejó paralizado por segundos, anclado en el horror de la revelación. Lloraba de rodillas sobre la alfombra del comedor, mirando las fotos que recordaba perfectamente haber tirado a la basura hacía cuarenta años.

—¡No puede ser!... —susurró, con la voz rota por el asombro y el temor a que su amigo pudiera verlas.

Pol recordaba aquella noche con una nitidez dolorosa. La discusión. Su rabia al descubrir las fotos. Aún resonaban en su memoria sus propios gritos: «¡¿Por qué demonios las has revelado?! ¡Tira esas fotos, por Dios!».

Incluso la cámara, una vieja analógica, grabada en su mente. Supuestamente sin carrete. El dolor regresó como un puñetazo en el pecho. Pero esta vez no era por Ana, sino por Jaume. ¿Qué hacían esas fotos y ese diario escondidos en su cajón?

«Por suerte —pensó con un escalofrío de angustia— no parece haberlas leído jamás». Si Jaume llegaba a enterarse... nada volvería a ser igual. Pol permaneció allí, arrodillado junto al diario abierto. Su respiración seguía entrecortada, un nudo opresivo le atenazaba la garganta.

Se levantó torpemente, con las fotografías temblándole entre los dedos. Las observó de nuevo. Cada imagen era un balazo al corazón. «¿Qué haces, Pol? ¿Qué demonios haces?», se repetía, atormentado. No podía devolverlas al sobre ni al oscuro cajón de Jaume. Pero la idea de destruirlas también le resultaba imposible. Una pregunta lo consumía por dentro: ¿cómo diablos habían llegado esas fotografías hasta allí? Jaume no parecía sospechar nada. No había mostrado ni un atisbo de resentimiento, ni la más mínima duda. ¿O sí? ¿Y si las había visto y simplemente había optado por el silencio? ¿Y si toda aquella conversación, esa confesión velada, era su extraña manera de decirle: «lo sé todo y te perdono»? Pol no podía soportar esa idea. No. Jaume no era así. Si lo hubiera sabido, lo habría enfrentado o borrado de su vida sin dudarlo.

Volvió a mirar el diario. Las páginas llenas de frases subrayadas, el tono de culpa desesperada, un socorro en medio de tantas frases tristes. Ana lo había escrito todo. Iba a contarlo, a confesar. Pero desapareció antes de hacerlo. Pol seguía arrodillado junto al diario abierto. Un nudo invisible le apretaba la garganta como una soga.

Respiró hondo. Cerró el diario con manos temblorosas y guardó las fotos, las notas, todo, en la caja fuerte, oculta tras el cuadro que presidía la oficina.

Al cerrar la caja, se percató de una nota que había caído entre el batiburrillo de papeles bajo la mesa. La letra era distinta a la de Ana. Aturdido, la tomó y leyó con gravedad:

—Hola, Jaume. Te mando este sobre, con todo el cariño del mundo, el contenido te resultará familiar. Soy Maite, ¿me recuerdas?

La pareja que llevó tu amigo Pol el día que Ana desapareció. Llámame al 66654545 si quieres saber qué pasó hace trece años. Lo sé todo, no quiero hacerte daño lo prometo. Te preguntaras como puedo saberlo ... «caprichos del destino querido».

Un abrazo. Espero tu llamada.

Agosto de 1995.

Pol quedó aturdido, con la vista perdida, sentado sobre sus talones. Una lágrima le corría por la mejilla.

Ahora sabía cómo había llegado ese maldito sobre a la oficina de Jaume.

—¡La muy zorra, seguro que lo recogió de la basura el día de la discusión! ¿Cómo no lo vi? —susurró.

BARCELONA, 28 DE JUNIO DE 1982

—¡Esta noche lo celebramos por todo lo alto! —exclamó Pol, pasando un brazo sobre el hombro de Jaume.

—No, Pol. Imposible. Esta noche no salimos —respondió Jaume, tajante.

—¡Eres un aguafiestas, tío! ¡De verdad, ya te vale!

—Mañana nos vamos de vacaciones a Mallorca y nada ni nadie va a arruinar el plan.

—¡No me digas, tío! ¡Solo una copa! —insistió Pol, gesticulando con el dedo índice—. Cenamos y luego nos tomamos un *gin-tonic* en el Chufo, «la discoteca de moda cerca al Turó Parc». Y ya está, te lo juro. Es nuestro último día de facultad. ¡Hay que celebrarlo! ¡Anda, di que sí!

—Mira que eres pesado, Pol... pero vale. Una, ¿eh? Solo una —cedió Jaume, resignado.

—¡Eres un *crack*! —Sonrió Pol, entusiasmado.

—Igualmente, tendré que avisar a Ana —dijo Jaume bajando un poco la voz—. He quedado en su casa. Sus padres se van a la torre, y mañana salimos para el Prat. No te prometo nada.

—*Ok* —respondió Pol con tono indiferente.

Ambos se dirigieron a la estación. El tren los llevaría hasta Sants, como tantas otras veces. Ese trayecto, recorrido durante cinco años, estaba cargado de recuerdos: estudiantes corriendo hacia la universidad, las manifestaciones, las charlas apresuradas antes de los exámenes, amores fugaces, rupturas dolorosas, risas compartidas. Un camino que, probablemente, ya no volverían a recorrer juntos. En Sants tomaron la calle Numancia. Vivían en el mismo barrio, relativamente cerca. Jaume seguiría hasta la Diagonal, mientras que Pol se quedaría unas manzanas antes, en Travesera de les Corts, un barrio tranquilo, de clase media acomodada.

Jaume llegó a casa contento. Su madre, Lluïsa, lo esperaba para felicitarlo. «Un gran día para el *nen* de la casa», decía con cariño. Su padre, Joan, estaba trabajando. Madre e hijo almorzaron juntos, conversando sobre trivialidades. Como siempre, Lluïsa empezó la conversación de consejos maternales, dulces pero insistentes.

Después de comer, Jaume se despidió. Cogió su mochila de viaje. Sus padres, muy activos, saldrían ese fin de semana con la caravana hacia el delta del Ebro para reencontrarse con unos primos.

Justo antes de que cerrara la puerta, Lluïsa lo detuvo:

—Jaume, hoy no te recomiendo que salgáis. Tenéis que estar dos horas antes en el aeropuerto…

—Sí, mamá, tranquila. Voy a buscar a Ana. Hemos quedado con Pol esta noche. Una copa y a casa.

—Está bien, hijo —dijo con una media sonrisa, aunque con preocupación—. Pero ya tendréis tiempo de celebrar el final de carrera.

—Lo sé, mamá. Si Ana no quiere salir, nos quedamos. Pero, si vamos, ¡a las doce en casa! —prometió, dándole un beso en la cabeza.

—¡Chau, te quiero, hijo! Id con cuidado.

—Lo haremos, madre. Nos vemos a la vuelta. Dale un beso a papá de mi parte.

—Sí, hijo, lo haré.

Ana vivía a diez minutos a pie, en la confluencia de la avenida de Sarrià con Diagonal. Jaume llegó al portal, llamó al cuarto y escuchó el pitido que liberaba la cerradura. Entró gritando, como era habitual, aunque sabía que ella no lo oiría:

—¡Soy yo!

El ascensor tardaba en llegar, así que subió por las escaleras. En el segundo piso, la cabina se puso en marcha. «¡Caramba! —pensó, riendo para sí mismo—. Parece hecho a propósito». Estaba de buen humor. Había terminado la carrera, se iban de vacaciones y Ana era una chica maravillosa. Solo debía tener cuidado con la bebida. Una o dos copas, y todo iría bien. Pero, si se pasaba, el carácter de Ana se transformaba. Aunque hacía tiempo que eso no ocurría.

Al llegar al rellano, la puerta del piso estaba entreabierta. Le extrañó, pero pensó que esta vez sí lo había oído entrar.

—¡Ana! ¿Dónde estás?

—¡En el baño! ¡Ahora salgo! Espérame en el salón... ¡Ya voy!

«Qué raro», pensó. Siempre estaban en la habitación. Quizás lo había dejado todo a medio hacer o... «el período», seguramente fuera eso.

Ana salió del baño radiante, envuelta en una toalla y con una amplia sonrisa.

—Hola, amor. ¿Cómo te ha ido el día? —le preguntó, besándolo con entusiasmo.

—Bien —rio Jaume—. ¿Qué te pasa, cariño? Estás temblando.

—Nada. Tengo frío. Abrázame fuerte.

—Tenemos que hablar —dijo él, intentando separarse suavemente.

—Sí, Jaume. ¿De qué?

—¡Estate quieta, mujer! Déjame hablar...

Ana no dejaba de besarlo. Tenía ganas de intimidad, y él tampoco se resistió. Fueron al sofá e hicieron el amor. Una hora más tarde, Jaume se levantó para ponerse los pantalones, pero Ana lo mandó directamente a la ducha.

—Vida, no hace falta. Ya me he duchado en casa...

—No seas cochino. Hueles a sexo —replicó Ana con una sonrisa juguetona.

—Está bien... pero quería decirte que esta noche saldremos a cenar y a tomar una copa.

—Cariño... habíamos quedado en que hoy no. Mañana hay que madrugar, no vaya a haber atascos en la carretera hacia el Prat.

—Lo sé. Pero Pol ha estado insistiéndome todo el día. Quiere que vayamos con él y su nueva «novieta» a celebrar el final de carrera. Si no quieres, no vamos.

—¡Jolín! Qué pesado. ¿Pero tú quieres ir? Dímelo, Jaume.

—Bueno, no es que me apetezca especialmente, pero uno no termina la carrera todos los días. A las doce en casa. ¿Te parece bien?

—Está bien. Tienes razón. Vamos. Aunque me hubiera gustado celebrarlo a solas contigo... Me hace mucha ilusión que por lo menos uno de los dos lo haya conseguido.

—¿Qué te ocurre? ¡Es Pol, nuestro mejor amigo! Aparte... irá esa tal Maite, un pibón que se ha ligado. Vete tú a saber... yo no la conozco de nada.

—Pues venga, vete a duchar. Que yo me visto —zanjó Ana con determinación.

Sabía que Jaume tardaría en arreglarse. Era muy lento para sus cosas. Se escabulló a su habitación a toda prisa.

—¡Mierda! —Las fotografías seguían tiradas en el suelo—. ¡Joder! Tenía que habérselas llevado Pol... Menos mal que no se cruzaron en el portal. Si no llega a llamar desde el interfono...

Rápidamente, las recogió y las deslizó bajo el colchón. Luego, cuando estuviera sola, las quemaría sin dudarlo. «¡Por Dios! Cuánto me arrepiento de aquella tarde», pensó mientras se vestía apresuradamente. Se puso unos vaqueros azules, una camiseta blanca con el logo de Los Secretos —era una fan incondicional— y unas zapatillas Nike Wimbledon. Siempre vestía cómoda y todo le sentaba de maravilla. Recogió su pelo rubio y lacio en una coleta informal, dejando al descubierto su bello rostro de ojos azules.

En cuanto Jaume salió de la ducha, lo apremió:

—Ahora vuelve a casa —dijo Ana—. Tengo que hacer unos recados y luego pasas a buscarme.

—¿Estás segura, cariño? Ya me he despedido de mis padres...

—Pues te vuelves a despedir —respondió divertida.

Jaume regresó a casa. Sus padres ya no estaban; era la hora habitual en que se ausentaban los viernes. Sabían que su hijo prefería pasar tiempo con Ana.

Apenas llegó, intentó contactar con Pol.

—¡Mierda! No contesta... lo llamaré más tarde. —Se sentó, suspirando levemente—. Soy feliz —se repitió, buscando reafirmar esa sensación.

Eran las siete de la tarde. Volvió a marcar el número de Pol.

—¡Hola, Jaume! —respondió al instante.

—¿Qué tal, loco? ¿Cómo sabías que era yo?

—Nuevas tecnologías, tío. Cuando llamas, sale el nombre en la pantalla.

—¡Joder! Qué modernos estáis en tu casa. Mis padres, ya sabes... jipis. Si fuera por ellos, ni teléfono tendríamos.

Ambos rieron. Lluïsa y Joan eran de espíritu bohemio. Valoraban su intimidad, pero también reconocían la importancia de estar localizables, sobre todo por «el peque».

—¿Y se puede saber dónde demonios estabas? Te he estado llamando...

—¡Será posible! ¿Crees que vivo pendiente de ti? —replicó Pol, y ambos amigos volvieron a reír.

—Bueno, quedamos esta noche. Pero pronto a casa.

—¡Qué bien! Ahora mismo voy a llamar a Maite.

—Pensaba que estarías con ella.

—No. Al final tuve que hacerles un favor a mis padres. Nada importante... —mintió a su amigo.

Acordaron encontrarse a las ocho y media en La Oca, «un restaurante conocido en la misma Diagonal», en la

Avinguda Francesc Macià. Antes de eso, Jaume pasaría a recoger a Ana media hora antes.

Ana estaba en su casa, sin ninguna tarea pendiente. Lo del recado había sido solo una excusa para recoger las fotografías y de paso tranquilizarse. El remordimiento por lo de Pol y el hecho de que Jaume podría haber descubierto las fotos desconocidas la tenían al borde del colapso. Necesitaba confesarle toda la verdad. Estaba tumbada en la cama, absorta en sus pensamientos.

Se levantó de repente y se dirigió al dormitorio de sus padres. Su madre guardaba allí unas pastillas para la ansiedad. Había experimentado ataques en el pasado y, tras varias consultas médicas, le habían diagnosticado ansiedad por estrés. Ese era el diagnóstico no oficial, bueno, el que quiso dar Ana a Jaume, amigos y conocidos. Desde entonces, tomaba una medicación especial. Pero no por ese trastorno. Sintió una necesidad imperiosa de recurrir a esas pastillas. Sin detenerse, cogió las más fuertes, confiando en que la calmarían. Empezaba a ver y hablar de manera compulsiva, mientras miraba nerviosa a todas partes. Sintió cómo se le nublaba la vista, la respiración empezaba a entre cortarse y en un momento se puso a hablar con nadie. Olvidó por completo que el alcohol era una de las principales contraindicaciones de esos medicamentos. No le apetecía salir, y mucho menos con Pol. Le aterraba la idea de que Jaume pudiera notar algo extraño en su comportamiento: un gesto inusual, una mirada evasiva o, peor aún, que la sinceridad desinhibida por unos chupitos antes de ir a la discoteca la delataran. Cualquier comentario fuera de tono de Pol...

Tragó dos pastillas sin leer la posología. Eran mucho más potentes de lo que estaba acostumbrada. Se dejó caer en la cama de sus padres, esperando a que los efectos comenzaran a manifestarse. Finalmente, se quedó profundamente dormida.

De repente, el sonido estridente del teléfono, ubicado en el salón, la sobresaltó. «¡Puf! Qué pereza —pensó, con una sensación de pesadez en todo el cuerpo y escasas energías. Con desgana, se levantó. Eran las ocho de la tarde—. ¡Mierda!». Solo quedaban unos minutos para que Jaume fuera a buscarla.

—Hola, cariño —se escuchó la voz de Jaume al otro lado de la línea.

—Hola, Jaume. ¿Cómo estás?

—Bien, bien, Ana, ¿y tú? —preguntó, percibiendo un matiz extraño en su tono de voz. Volvió a preguntarle, algo preocupado—: ¿Te encuentras bien? ¿Segura?

—No... sí, tranquilo. Estoy bien, gracias. Solo que me he quedado medio dormida.

—*Ok*, pues paso por tu casa en media hora. Te quiero.

—Yo también te quiero —respondió Ana con un tono apagado.

Se dirigió directamente al baño. Sentía un frío intenso, los restos de un sueño inquieto aún la envolvían. Se lavó la cara con agua fría, necesitaba reaccionar. Sus pupilas, dilatadas por los efectos de las pastillas, eran evidentes, pero decidió ignorarlo. Se sirvió un vaso grande de cola, buscando aliviar la sensación de mareo y pesadez. Lo bebió de un trago. Luego se arregló superficialmente: un toque de carmín, máscara de pestañas y un delineado sutil que realzaba el azul de sus ojos.

Se puso una falda vaquera y una blusa blanca con un escote discreto. Sabía que su belleza natural no requería adornos excesivos. Unos zapatos de medio tacón y lista.

Abrió el mueble bar y bebió un largo trago directamente de una botella de ginebra. En esos momentos perdió el control. Se excedió. Quería recibir a Jaume con una sonrisa radiante, pero las pastillas que había tomado no tolerarían esa dosis de alcohol. Cogió un chicle de menta para disimular el aliento. Se miró varias veces al espejo, intentando ocultar su creciente malestar. No reconocía a penas a la chica que la estaba mirando.

Jaume la conocía bien, había presenciado algunos de sus ataques de ansiedad y no quería que notara nada fuera de lo normal. Pero en esta ocasión no solo era un simple cuadro de ansiedad y se empezaba a dar cuenta. Alucinaciones la golpeaban como flashes... alguien hablaba a su lado.

Abrió la puerta de su casa y se ajustó la falda con un gesto automático se puso la cazadora tejana a juego con la falda. Aparentemente estaba bien, aunque por dentro sentía que todo se desmoronaba. En ese instante, recordó que había olvidado el bolso y regresó corriendo a buscarlo.

Cuando volvió a su habitación, Jaume apareció de repente en el umbral.

—¡Cariño! —exclamó al entrar.

—¡Hola! —respondió Ana, guardando rápidamente las fotos y el diario debajo del colchón. Tenía la intención de deshacerse de todo. Su psicólogo le había recomendado escribir sobre sus emociones como una forma de liberar la angustia que la atormentaba últimamente.

—¿Qué te pasa? ¿Te he asustado? —preguntó Jaume al ver su agitación.

—¡Tú qué crees! —respondió ella, empujándolo con brusquedad—. ¡Sal!

—Vale, ya salgo —dijo él, resignado, cerrando la puerta tras de sí.

Ana escuchaba el sonido de sus pasos alejándose y sentía la confusión apoderarse de ella. La mezcla de pastillas, alcohol y pensamientos intrusivos la tenían atrapada en una espiral de ansiedad. En un momento y sin pensar, recogió el sobre que había dejado debajo del colchón y lo metió en el bolso más grande que tenía en la habitación y decidió salir con él. Lo iba a tirar allá donde fuera. No quería que Jaume pudiera encontrarlo bajo ningún concepto, antes de tener la opción de darle la oportunidad de explicarse.

Jaume la esperaba fuera, en el coche, y, aunque su rostro reflejaba preocupación, Ana intentó mostrar una calma fingida. No llamó a sus padres, no quería preocuparlos. Le habían dado la oportunidad de valerse por sí misma dada su enfermedad. «Craso error».

El trayecto hacia el restaurante transcurrió en un silencio incómodo. Una vez dentro, Pol y Maite ya estaban esperándolos en una mesa. Ana, sintiéndose cada vez peor, decidió excusarse para ir al baño lo antes posible. Necesitaba encontrar alguna manera de calmarse.

Mientras tanto, la ausencia prolongada de Ana comenzó a inquietar a Jaume. Maite fue a buscarla y, al encontrarla visiblemente apagada, le ofreció una pequeña cantidad de cocaína. Ana, que nunca antes había probado drogas, presa de una ansiedad paralizante, aceptó sin dudarlo. Maite, con una sonrisa enigmática, la animó a consumirla. De inmediato, Ana sintió un cambio drástico. La combinación de todo lo que había ingerido la había alterado por completo, pero paradójicamente la sensación de miedo y nerviosismo se desvaneció. Sintió que, por fin, algo la liberaba de su angustia. Al salir de los lavabos se cruzaron con Pol, y Ana lo apremió. Maite hizo caso omiso, sabía que eran amigos y ella no tenía nada que ver con sus líos. Siguió tranquilamente hasta la mesa donde los esperaba Jaume impaciente.

—¿Qué quieres tía? —preguntó Pol, mirando de un lado al otro enfadado.

—Que tires esto, toma. —Sacó el sobre del bolso y se lo dio con todo el contenido. Fotografías y su diario...Todo. No quería saber nada.

—¿Dónde coño quieres que lo tire, Ana?

—Me da igual, pero quiero que desaparezca o te juro que le digo a Jaume esta misma noche lo que hicimos tú y yo, cabrón.

Pol cedió ante la amenaza y con rapidez fue a los servicios. Se metió el sobre en la espalda, tapado por la americana azul marino que llevaba puesta. Con mucha suerte consiguió llevarlo a la mesa sin que Jaume se percatase, y con gran sutileza lo metió dentro del bolso de Maite, que descansaba en el respaldo de la silla. «Le explicaría», pensó al instante.

Ya estaban todos en la mesa. Cenaron unas tapas, complementándolas con una ensalada. Después de unos vinos y risas, se prepararon para ir a la discoteca. Pero lo que había comenzado como una noche de celebración pronto se tornó caótico.

Al salir del local, Maite insistió en que Ana la acompañara nuevamente al baño, donde le ofreció una pastilla. Ana apenas se reconocía a sí misma; su cuerpo se sentía ligero, flotando, y su visión se nublaba por momentos. Jaume, cada vez más preocupado, intentó controlar la situación, pero Ana estaba demasiado alterada para escuchar sus palabras.

Se despidieron de sus amigos. Maite alucinaba del estado en el que se encontraba esa bella rubia. Pero no quiso pensar. Ella iba bastante puesta también.

En el coche, la angustia de Jaume se intensificó al ver el estado de Ana, pero ella, sumida en una profunda confusión, solo atinaba a gritar y comportarse de manera histérica.

Llegaron a un parque, Ana salió corriendo del vehículo dando un portazo. Jaume corrió tras ella, cuando un hombre se apresuró a agarrarla del brazo. Se encontraban al lado de un lago artificial.

—¡Es mi novia, joder! —gritaba preocupado.

El hombre lo atajó de un manotazo y lanzó al pobre Jaume al suelo.

—¡Vete a la mierda, don perfecto! —Esta vez era Ana quien chillaba, cogida del brazo de ese desconocido.

—¡Por favor, vuelve!

Pero no fue así. Ana andaba bamboleándose de un lado al otro. En un momento giró el rostro y vio a Jaume de rodillas, suplicándole. Ella lo miró con cierta tristeza, el rímel se volvió en un hilo de pintura que le bajaba por los pómulos. Pero la inercia la llevó lejos, más lejos de lo que nunca hubiese querido.

Jaume volvió al coche y se fue a casa. Pensaba que Ana lo llamaría en cualquier momento o que al día siguiente iría a buscarlo con una resaca de las grandes. No dejaba de preguntarse por qué había tenido que convencer a Ana para salir. Se sentía culpable, una y otra vez. ¿Qué le pasaba a su amada? ¿Y por qué tuvieron que salir esa noche? Su madre, como si de una gurú se tratara, le había advertido. Pero él no le hizo caso.

—¿Por qué? —Ahora lloraba.

Llegó a casa, se metió en la cama y se quedó fulminado.

—Mañana vendrá pidiendo que la perdone. Seguro —se dijo entre sollozos.

Pol aprovechó que sus padres no estaban en casa. Eran comerciantes y solían pasar días fuera del hogar. Así que se llevó a la chica para acabar la fiesta. «Y vaya si la acabó». Antes de entrar en el portal, agarró el bolso de Maite; ella se sorprendió... ¿Pero qué?

—Nada es mío —le dijo antes de que pudiese decirle nada—. Te lo metí porque no tenía dónde guardarlo

Maite asintió sin mucho convencimiento. Pol, con disimulo, lo tiró a una papelera que había en frente del portal.

Al entrar en casa le preguntó sonriendo:

—¿Te has hecho amiga de Ana?

La sonrisa se volvió carcajada. Estaba claro que la intención de Pol no era reír con ella, sino reírse de Maite.

—Querido, tu amiga está hecha polvo. ¿Lo sabías? —preguntó con sorna Maite—. No os enteráis de nada, todos los tíos sois iguales... —Acabó volcando lo que le quedaba en la bolsita de coca.

—¡Maite, atiéndeme! —Pol puso la mano sobre la mesa, mirando la bolsita—. ¡No me vas a decir que le ofreciste esa mierda a Ana! ¡No me jodas!

—¿Qué te pasa, Pol?, ¿es que solo quieres que te invite a ti? —respondió riendo.

—No, no es eso, coño. Ana no puede tomar nada más allá de una copita de vino o un par de cervezas. Se medica, no le sienta bien. Ya la viste.

—Pues sí, se tomó una raya y una pasti, tío.

—¡Joder! ¡Joder! Espero que esté bien... —se maldijo Pol.

—Tú y tu amigo no hacéis uno, tío. No pilláis ni una —se rio Maite.

—Pero... ¿de qué narices no nos enteramos? ¡Suéltalo ya! —Pol estaba enfadado.

—Tu amiguita pija... está embarazada.—Maite se descojonó al ver la cara de sorpresa de Pol.

—¿Cómo lo sabes? No me vas a decir que te lo ha contado a ti, una puta cualquiera —la miro con desprecio.

—A mí me la trae sin cuidado —respondió Maite, soplándose una raya enorme—. Pues eso. Esa niñata me da igual, lo mismo que tú y tu amiguito.

»Has pagado la noche entera. Si te apetece, echamos un polvo.

—¡Vete a la mierda, puta! —la maldijo una y mil veces. Solo quería una acompañante, dejar claro delante de Ana que para él no había significado nada y, de paso, vacilar con una tía como esa. Estaba realmente buena, pero ahora la veía como una pérdida de tiempo.

—Pues me voy —dijo Maite, cogiendo su bolso y saliendo dando un beso al aire.

—¡Fuera de mi casa, puta! —gritó Pol como un loco—. ¡Vete, zorra! La chica giró de nuevo sobre sus talones para mirarlo. Y al ir a contestar, Pol le lanzó un escupitajo en la cara. Maite, con rapidez, se lanzó hacia él aprovechando que llevaba la camisa desabrochada y, con suma brusquedad, le arañó el pecho con sus uñas largas. Como si de una gata se tratara.

—¡Te vas a acordar de mí, cerdo gordo!

Maite lo miró con cara de asco. Pol se quedó helado, no se podía creer lo que esa mujer acababa de hacerle.

—¡Vete, zorra! Te juro por mi madre que tú sí te vas a acordar de mí.

Le temblaba el cuerpo de rabia y los ojos los tenía inyectados en sangre.

—Gilipollas —susurro Maite—. Pandilla de pijos de mierda… —chillo al viento mientras salía del edificio tan tranquila.

No le quedaba más coca, así que decidió irse a casa. Sacó la bolsita de droga y la fue a tirar a una papelera que había justo en frente del portal de Pol. La lanzó como si de una canica se tratara, pero no acertó. La cogió del suelo y, al ir a tirarla de nuevo, vio el sobre marrón que el capullo de Pol le había metido en el bolso. Lo agarró sin saber su contenido; seguramente no era nada. Pero ese tipo era un imbécil. Quizás intentaría dañarla de alguna manera, más después de todas esas amenazas que le lanzó. «Si contenía alguna intimidad, igual podría utilizarla para defenderse… ¡Dios sabe que lo haría!».

Paró un taxi justo en frente de la casa de Pol. Miró hacia la terraza y vio que la estaba mirando, apoyado en la barandilla. Percibió su enfado. Sacó el dedo corazón, lo chupó y le enseñó, a modo de «que te follen, idiota».

Pol se metió de nuevo en el piso, se tocó el pecho tiñendo sus manos de sangre. Agarró el vaso de tubo que descansaba en la mesa con tanta fuerza que desparramó parte del líquido en el suelo. Con un ademán furioso se lo metió en la boca, bebiendo de un trago todo el contenido; parte del cubalibre se le cayó por la comisura de los labios, mojándose así el pecho. Sintió un escozor terrible al mezclar el alcohol con los cortes y, apretando el vaso con una furia desmesurada, lo lanzó contra la pared del salón. Se prometió que se lo haría pagar. Más pronto que tarde, pero por su madre que lo haría.

AEROPUERTO DEL PRAT, BARCELONA, 22 DE OCTUBRE DE 2023

Todo estaba a punto. Los medios lo esperaban en el aeropuerto. La prensa sabía de su historia. Mil preguntas. Una sola respuesta, se dijo. No podía fallar a su público. Era lo que más le importaba. Habían escogido el hotel Ritz.

Quedaba cerca del "Museo Nacional d'Art de Barcelona". Aunque no tanto, pensó.

Acababan de sentarse. Iban en primera clase. Jaume miraba por la ventanilla cuando despegaban del Aeropuerto de París-Charles de Gaulle. Esta vez sí. Volvía a casa. Aunque fueran pocos días. No sabía cómo se encontraría. Estaba nervioso. Solo María lo notaba.

Pol iría el mismo día de la gala. Recibiría el premio a la mejor novela. Se preguntaba entre dudas: «¿El galardón también tenía que ver con su trayectoria como escritor de ficción nacido en la ciudad condal?». Era un día fantástico para él. María le cogió la mano y se la apretó, como el que da un abrazo cariñoso.

A Jaume no le gustaban los grandes aspavientos ni las cosas fuera de lo común. La intimidad en la intimidad. «Siempre lo decía en tono jocoso».

Sabía que iba a ser difícil lidiar con la prensa. La historia de su vida había llenado durante años las portadas de las revistas y periódicos del país.

Pero tenía que ser recto. No salirse ni un ápice de lo que tenía en mente. Si no era así, las preguntas irían por otro derrotero y no quería que sucediera tal cosa. Tampoco sabía cómo reaccionaría su cuerpo a ciertas cuestiones.

La historia... era historia. Hablaría de su profesión y su vida en París. Lo que dejó anclado en su juventud. Era estrictamente suyo y de nadie más. En una de esas ocasiones inesperadas empezó a notar un poco de presión en el pecho. Pero lo tenía controlado, o eso parecía.

Pasaba el rato sentado en su butacón repasando el itinerario que le había marcado Pol. María y Marisa andaban cada una a lo suyo, mirando el móvil. María leía las noticias y Marisa el TikTok.

Un día plácido en la ciudad, mascullaba Jaume con una leve sonrisa. No era casualidad. Raramente los días eran fríos o lluviosos en Barcelona. Se contestó a sí mismo recordando su juventud...

Se empezaba a vislumbrar el litoral. Miraba con la vista perdida en sus pensamientos y luego intentaba reconocer muchas de las zonas que ya se dejaban ver, como los puertos de los pueblos cercanos a la ciudad.

María se lo quedó mirando. Se sentía orgullosa de haber compartido su vida con una buena persona, llena de vida vivida. Un gran pensador y escritor. Hacía y dejaba hacer. Un hombre que admiraba a casi todo el mundo. No se creía superior a nadie. Siempre decía que: «Todo el mundo tiene su razón. Aunque a veces no la tenga». Había que respetar a todos, mientras no hiciera daño a nadie.

Marisa se levantó y se sentó encima de las piernas de Jaume:

—¡Papá! Qué bonito es... Sé que tenías muchas ganas de volver.

—Pues sí —respondió dándole un beso en la mejilla, añorado.

Iban a aterrizar y el comandante empezó a informar a los pasajeros. Llegaban con puntualidad británica. La temperatura era de quince grados y lucía el sol en Barcelona.

Jaume miró hacia el techo del aparato, como aquel que busca fuerzas o algún tipo de complicidad. Tal vez pedía ayuda a Dios. Aunque no era muy creyente.

Lo cierto es que no pudo con todos los recuerdos que le vinieron como un trueno y, de pronto, rompió a llorar como un niño cuando las ruedas del "Boeing 737" tocaron suelo catalán.

Mujer e hija quedaron en silencio. No querían entrar al trapo. Eran sus sentimientos. Sabían que podía pasar... y pasó.

En el aeropuerto:

—¡Cariño, ¿estás bien?! —María estaba preocupada.

—¡Ya salgo! —respondió seco.

Jaume se encontraba mirándose al espejo en los baños de la T1. Pasó unos minutos con la cara enrojecida, preguntándose: «¿Por qué me siento tan mal? ¿Ahora? Estaba preparado para volver. ¡Joder!». Le temblaban hasta las piernas. Esos sentimientos encontrados venían a su mente y, como siempre, sin pedir permiso... Llamaron al móvil.

—Hola, Pol. Te ha llamado María, ¿verdad?

—Claro. Está preocupada. Es normal. ¿Necesitas algo?

—No, gracias, solo que...

—Entiendo —cortó Pol—. Era la asignatura que te quedaba pendiente, Jaume, y lo sabes. Así que ahora tranquilízate. Tarda lo que sea en el baño. Yo aviso a María. Recomponte, amigo, y no le des carnaza a la puñetera prensa rosa.

»Cuando estés listo, sal. Ya llorarás en el hotel cuando los medios no estén delante. Si no, empezarán las especulaciones y os lo harán pasar mal. Recuerda que estás en España y los medios de comunicación poco serios son unos metomentodo. Ahora intenta pensar en otra cosa. No mires atrás... céntrate. Tienes a una docena de periodistas esperando una exclusiva. ¡No se las des! Di punto por punto lo que te he escrito. ¡Que se jodan los cotillas! Todo lo que no sea tu libro o tu carrera profesional no nos interesa.

—Eso es, Pol. Ha sido un error. Tenías que haber venido con nosotros.

—¡Qué va! Es un día familiar, amigo.

—*Ok*. Voy a salir. Luego te llamo.

—Eso es. ¡Al toro, Jaume! —Rieron cínicamente.

Volvió a mojarse la cara. Se dio unas palmadas en las mejillas. Se ajustó la corbata que María le había comprado para la ocasión y, con paso firme, salió intentando mostrar su mejor sonrisa. Era un tipo atractivo y empático. Gracias a eso había conquistado a muchos de sus seguidores.

Las dos mujeres lo esperaban y, con un signo de aprobación, lo agarraron del brazo y salieron en busca de las alimañas. Fueron segundos apretados entre cámaras y micrófonos de radio, pero salieron victoriosos del primer contacto con los medios. Rápidos y amables. Ya habría tiempo para las preguntas, dijo a todo aquel que se esforzaba por meterle algo de presión.

—Soy feliz. Estoy muy contento. Mañana nos vemos en la rueda de prensa.

Eso era todo lo que tenía que decir. Sin entrar al trapo. Sonrisa para todos y «*Adeu*». Una vez fuera, les esperaba un coche para llevarlos al hotel. El chófer, muy amable y parlanchín, de unos treinta años, delgado, rubio y con ojos marrones. Tenía acento andaluz y una mueca muy simpática. Llevaba la gorra medio torcida, que denotaba una gracia especial. No le pegaba para nada el uniforme. Aficionado a la lectura y, más aún, a las novelas del cliente.

—Buenos días —saludó—. Me llamo Daniel. ¿Quieren que les lleve a algún lado antes de ir al hotel?

—Pues... —Jaume miró a las chicas buscando su aprobación y respondió con un—: Sí, claro. Gracias, Daniel.

—Bien. Entonces daremos una vueltecita por la urbe —soltó con salero el chófer—. Pero me tiene que hacer un favor, señor Sonyer...

El escritor se quedó sorprendido.

—¿Y cuál es ese favor que se supone que tengo que hacerle, Daniel? —le preguntó con media sonrisa, dándole especial importancia. Jaume no subestimaba a nadie. Para él todo el mundo merecía ser escuchado.

El joven sacó de debajo del asiento del copiloto cuatro novelas del autor y, mirando hacia atrás con cierta sutileza, le pidió:

—¿Me firmaría estas novelas? Por favor. Me avisaron que hoy lo recogería en el aeropuerto y he tenido la osadía de traer las que más me gustan, señor Sonyer.

Los cuatro se quedaron mirando y se echaron a reír.

—¡Claro que sí, hombre, será un placer! Usted y todos los que me leen son el principal motivo de que hoy esté aquí, celebrando un premio. Con mucho gusto.

Daniel hizo una expresión de triunfo y puso la bolsita con los libros a un lado. Estaba exultante. Al fin tendría firmadas sus novelas favoritas por el autor.

—¡Gracias! Soy un gran admirador suyo, señor Sonyer.

—Llámame Jaume —le contestó.

—Bien. Ya somos amigos —siguió Daniel con una sonrisa de oreja a oreja.

—Me gustaría dar una vuelta por el centro, si no le importa.

Y ahí fueron. Jaume había recuperado por completo la compostura, aunque seguía algo nervioso. La compañía de sus chicas y ahora la de un admirador fueron imprescindibles para su tranquilidad. Recorrieron unos kilómetros y entraron en la ciudad. Hacía un día precioso, con esa luz única de Barcelona.

—¡La capital de Gaudí! —habló el autor con orgullo.

Las chicas sonrieron. Sabían que Jaume era un enamorado de Barcelona y les gustaba verlo así. Lo notaban algo inquieto, pero feliz, al fin y al cabo. De igual modo, María no se dejaba llevar del todo por las emociones de su marido: sabía que Jaume podía derrumbarse de un momento a otro. Salía el águila que lo vigilaba todo, como si de una presa se tratara. «Cuarenta años. Es mucho tiempo —reflexionaba—. Nadie está toda una vida sin volver a su tierra por nada, menos aún, cuando está relativamente cerca».

Daniel, una vez dentro de la ciudad, los llevó por Sants, dando la vuelta por Plaza de España... uno de tantos centros de Barna. Jaume, como si de un guía se tratara, iba explicando los cambios que veía en la ciudad. Se acordaba perfectamente de todo. Subieron por el lateral del cinturón y tomaron la Travesera de les Corts Catalanes, llegando a la calle Numancia y luego por la avenida Sarrià.

Se hizo un silencio incómodo cuando pasaron por delante del edificio donde había vivido Ana. ¡Su Ana! No quiso pensar. Su hija no sabía nada, y a Jaume se le cayó una lágrima. María lo miraba de reojo y Marisa puso la cabeza en el regazo de su padre. Su esposa se imaginaba de dónde salía esa lágrima. Continuaron.

Daniel se dirigió a la zona noble de la ciudad, por la Diagonal, hacia la *plaça* de Francesc Macià... «Ya no está el restaurante La Oca», pensó el escritor. Siguió callado.

PARÍS, 80 BIS *AVENUE* PARMENTIER. OFICINA DE POL GARCÍA

—Hola, Jaume. ¿Cómo lo llevas, amigo? ¿Estáis en el hotel?

—Aún no, Pol. El chófer es un buen amigo —dijo, guiñándole un ojo a Daniel a través del espejo con una sonrisa—. Nos ha hecho un *tour* por la ciudad.

—Bien. Tenemos que hablar.

—¿Hay algún problema Pol?

—No, realmente no es urgente, Jaume. Mañana nos vemos. Salgo en el vuelo de las once treinta.

—¿De verdad? ¿Seguro? —preguntó preocupado el escritor.

—No te preocupes.

—Pues... me lo cuentas mañana, después de la rueda de prensa. ¿Te parece?

—Vale. Cualquier cosa me llamas. ¡Ánimo! Dale un abrazo a María y a la peque.

—Sí. Te están escuchando.

Miró a las chicas en señal de afirmación. Lo saludaron con un:

—¡Hasta mañana, Pol! —Y colgó.

Pol volvió a pensar en Ana y en la nota a modo de socorro que apuntaba en su diario. Se preguntó: «¿Quién narices la molestaba? Igual no era más que su imaginación, uno de esos malos momentos que la pobre Ana pasaba de vez en cuando. ¿Era posible que inventara esa historia? ¿O no?». Y la nota de Maite: «¡¿Qué coño quería esa puta?!». Pensó en lo que debía hacer, y dejar el tema era lo más inteligente. Después de tantos años, ¿qué podía descubrir él que la policía y Jaume, con sus dotes detectivescas, no hubieran encontrado?

Por muy tochos que fueran esos polis —que lo eran, sin ningún tipo de duda—, se decía susurrando: «ir a esas alturas con esa historia a Jaume solo podía remover unos sentimientos, que mejor dejar aparcados. Podrían dañar a su pequeña familia». Así que, sin más, cogió de nuevo el sobre con todo y lo llevó de vuelta a la caja fuerte...

—¡Pero ¿qué coño era eso?! —suspiró. Con la mano en el interior de la caja y con más dudas que certezas, lo sacó de nuevo arrepentido—. ¡Joder! Grito con rabia.

Sentía como si les debiera algo, tanto a Jaume como a Ana. No encontraría nada, y lo sabía. Pero necesitaba al menos repasar todo lo que había en ese puñetero diario y las fotos. Al menos intentar descubrir cualquier cosa, junto con la historia que le contó Jaume. Eran las catorce treinta y Amélie no llegaría hasta la noche. Tenía tiempo para echar un vistazo. Estaba hambriento y llamó a una de esas tiendas que repartían comida a domicilio.

Lanzó de nuevo el sobre encima de la mesa. Lo abrió y desparramó todas las fotografías por el escritorio. Intentó ordenarlas por fechas. En algunas no se veía el año, pero sabía perfectamente cuándo y cómo se hicieron. Era su mejor amiga. De una de las estanterías, cogió unos hojas DIN A4 y un par de bolígrafos, uno azul y el otro rojo, y los dejó a un lado de la mesa, visualizando todo ese batiburrillo de imágenes. Fue descartando las que no le decían nada. De cincuenta pasaron a quince. Puso los folios en la parte derecha del escritorio y se sentó en el sillón, con los dedos en forma de ele entre la barbilla y la nariz... Se puso a pensar.

Era todo un puzle que quería desglosar. Luego iría montando las piezas una a una, con una cronología lo más perfecta posible. Enderezó el cuerpo y, con un estiramiento de brazos y un bostezo a modo de «espabila tío», ordenó los papeles y se puso a apuntar en ellos: 1. El sobre con las fotografías y el diario. Recordaba, como si fuese ayer, que las lanzó a una papelera fuera de su casa. 2. ¿Cómo llegaron al despacho de Jaume en París? Eso le quedó claro al ver la nota de Maite. 3. Todo lo que le contó Jaume al salir del local. 4. ¿Sería cierto que Ana estaba embarazada? ¿De quién? Esa pregunta lo estremeció. No quiso decirle nada a su amigo; tampoco sabía si era cierto. 5. Por último, ¿quién se llevó a Ana? Esa pregunta tenía una respuesta imposible.

No podía creer que Ana volviera con tanta fuerza a meterse en sus vidas de golpe... parecía que lo estaba pidiendo a gritos. Jaume y él pensaban en ella en ese mismo momento. ¡Qué locura! Se mordisqueaba el puño, intentando razonar. La vuelta a Barcelona desenterró el amor de sus vidas. Igualmente, nunca se había ido. El aura de Ana siempre los envolvió, aunque nunca quisieron admitirlo. ¿Qué hora era?... Las cinco. No tenía nada que hacer. El día anterior había adelantado los deberes que Jaume le había mandado. Estaba nervioso. Meterse en tal circo otra vez... ¡Puf! Le daba algo de miedo. Sabía que la investigación nunca había estado a la altura. Tenía veintitrés años cuando desapareció.

Los agentes de la época, más que investigadores, eran una pandilla de chapuceros venidos a más. Qué poco sabían del tema, con más soberbia que acierto. Hacían preguntas absurdas sin más. Daban palos de ciego sin saber qué hacer ni cómo proceder. Lo recordaba bien, como si hubieran pasado unas semanas del suceso. Aún se indignaba recordándolo. Los que se hacían llamar policías pusieron el beneficio de la duda... Recordaban una y otra vez que tenían que esperar ciertas horas para empezar la búsqueda, porque era mayor de edad. «A todos se nos antojó una eternidad», pensó. Jaume, los padres de Ana y todos sus amigos sabíamos que ella no se había ido por su propio pie. Ana estaba feliz, su novio acababa el curso y se iban a Mallorca en avión, sus primeras vacaciones solos... No podía ser. Ana no se fue porque sí. Recordó cómo la policía hacía especial hincapié en la salida nocturna, la ingesta de alcohol entre ellos y que Ana quiso irse sola a casa, según había confesado Jaume. Aunque no sabían nada de su enfermedad. «Estará con alguna amiga o amigo», reiteraban los dos agentes. Era espeluznante ver y oír el desparpajo con el que Mortadelo y Filemón hacían sus cábalas. Pero era la policía que había en esos momentos, o la que les tocó por desgracia.

Empezó a mirar y repasar las fotografías. Veía el bien y el mal en todas ellas... eran simples anotaciones que él mismo se hacía, sin ningún tipo de prueba.

Le iba grande todo eso. Reunió todo lo que contenía el sobre de nuevo. Separó las quince fotografías escogidas, las puso en un sobrecito y volvió a guardarlo todo en la caja fuerte. No sabía por qué quería revivir toda esa tragedia. Tampoco tenía claro si debía contar a Jaume todo ese galimatías en el que se estaba metiendo. Obviando, por supuesto, su *affaire* con Ana.

—Qué tontería... qué locura contárselo —se susurró.

Ahora... ¿qué iba a ganar con ello? Tenía un sentimiento de culpabilidad oculto que, en realidad, nunca lo dejó. Sabía que él no había tenido nada que ver con la desaparición de Ana. Pero el solo hecho de haber engañado a su amigo y salir esa noche llevando a una prostituta que, encima —la muy zorra—, invitó a droga la noche que desapareció... era superior a él...

—¡La puta conciencia! —gritó lleno de rabia.

BARCELONA, 14 DE JULIO DE 1995

—¡Vida! Ya he puesto todo en la maleta. No te olvides de nada.

—Claro, tranquila. Lo tengo todo controlado.

Maite lo abrazó con fuerza. Y es que José era una persona excepcional. Hacía ya algunos años que estaban juntos, cinco exactamente, y tres casados. Eran felices.

Se conocieron en un pub de la calle Aribau, en pleno centro de la ciudad. Para ser más precisos, en el Velvet, donde muchos barceloneses disfrutaban de la noche. José era agente comercial de una famosa compañía y Maite trabajaba en una oficina de contabilidad. Después de unos años ejerciendo la prostitución selecta, decidió acabar con esa vida, más aún, cuando ocurrió el terrible incidente.

Dejó ese mundo lleno de gente sin escrúpulos, de amigos por unas horas. Se dio la oportunidad y la aprovechó. La última vez que ejerció la prostitución fue con uno de sus clientes, un chico con cara de no haber roto nunca un plato. Y lo rompió, ¡vaya si lo hizo! Le propuso un trato y la engañó. Maite aceptó, sin pensar que ese día podrían haberla matado. Se trataba de un juego, según decía el tipo. Maite tenía que enfrentarse a cuatro hombres: sus tres amigos de siempre, le dijo. Ella pensaba únicamente en sexo. Creía que acabaría con ellos en un santiamén y se acabó, lo dejaría. Estaba cansada de esa vida. Nunca se habló de violencia, jamás le dijeron que todo valía y, menos aún, que acabaría en la UCI del Hospital Clínic durante seis meses, a punto de morir. Una trama escondida bajo unas caras de adolescentes. Ese día en cuestión empezó de forma extraña. Los cuatro chicos que la acompañaron desaparecieron en cuanto entraron en el local. Solo quedó su cliente. De una puerta interior salieron tres hombres con pasamontañas. Una cámara de vídeo Sony descansaba sobre un trípode metálico. No le dio tiempo a replicar. Sabía que, si chillaba o intentaba algo contra esos hombres fornidos, acabaría muerta después de ser humillada. Pensaba en el dinero que les iba a sacar; ahora era tarde para cambiar de opinión. Esos tipos corpulentos no la dejarían irse. Y, como una niña mala, les sonrió con todo el erotismo que le fue posible. Por dentro se sentía morir. Ya no pensaba que iba a ser coser y cantar. Salir viva de ese garaje era lo primordial. Trincaría la pasta y empezaría una nueva vida.

La ataron. Era algo bastante corriente en ese trabajo; «sumisión» lo llamaban. Pero lo que sobrevino no fue normal. Uno de los hombres comenzó a grabar y después llegó la tortura... atada y amordazada con fuerza. Uno de ellos tenía un pequeño tatuaje que sobresalía del guante derecho: una especie de cola de serpiente. Sangre muy fina y de un tímido color rojo. Lo cierto es que daban miedo.

Gritaba socorro sin parar, aunque la mordaza ahogaba su pobre lamento. Le pareció reconocer ese cuerpo, pero era demasiado tarde. «¿Ese hombre?», se preguntó. La primera sacudida la dejó grogui, desmayada por el dolor. Escuchaba risas que parecían llegar de muy lejos, pero no, eran sus torturadores, quienes trabajaban para alguna secta o grupo donde venderían la atrocidad que estaban perpetrando en su cuerpo desnudo y ensangrentado.

Cuando los cuatro hombres dieron por terminada su fiesta particular, se subieron los pantalones y guardaron los bártulos con delicadeza en un maletín de herramientas. El mismo que se encargó de la grabación sacó el casete de la cámara y plegó el trípode con rapidez; se notaba que lo había hecho antes. Maite se había despertado y miraba con los ojos casi cerrados el destrozo que había perpetrado en su cuerpo, esa panda de asesinos. Volvió a ver ese tatuaje, pero el dolor que sentía era tan grande que se desmayó de nuevo. La dejaron tirada como un trapo sucio.

Al rato abrió los ojos y levantó la cabeza con dificultad. Empezó a chillar, un socorro ahogado salía de su boca llena de sangre. No tenía fuerzas. Gracias a un vecino que ya peinaba algunas canas y paseaba a su perro pastor, la situación cambió. El can olisqueaba la persiana donde había orinado y aullaba como un lobo.

Dos agentes de paisano que vieron la escena se apresuraron a golpear la persiana y a gritar, pegando la oreja al metal. El perro no dejaba de ladrar y aullar; a los polis algo no les gustaba. Después de forzar la puertecita que sobresalía con un cierre bastante flojo, la abrieron. Ahí estaba Maite, atada como una esclava a un camastro, con cortes y sangre por todo el cuerpo. Las cuerdas en sus muñecas y tobillos le habían desgarrado la piel. Tenía múltiples contusiones. La habían violado, golpeado, mutilado e incluso orinado. Una crueldad que ambos policías jamás habían presenciado. La escena era dantesca.

—Pobre hija —murmuró el primero en encontrarla—. ¿Qué te han hecho, mi niña? —volvió a preguntarle el policía, con la voz cargada de tristeza.

Llamaron a sus compañeros y a urgencias, una ambulancia se presentó al cabo de diez minutos. Ya en el hospital, la llevaron al quirófano y la operaron. Tuvieron que extirparle el bazo. Tenía cinco costillas rotas, la boca destrozada y el pie derecho medio quemado por la soga. Le habían amputado dos dedos del pie izquierdo con unas tenazas. Después de más de cinco horas de operación, la dejaron sedada con calmantes toda la tarde. No daba crédito a todo lo que le habían hecho esos salvajes.

Una vez despierta, las lágrimas no cesaban de mojar el rostro dolorido de Maite. «Recibirás cinco millones de pesetas», le había dicho su torturador unos días antes para convencerla. Ese era el único consuelo que le quedaba. Aunque no sabía si a esas alturas le daría nada.

Pasó un mes de la operación y un señor con traje negro, muy elegante, fue a visitarla. Maite no lo conocía de nada, pero una visita era una visita, al fin y al cabo. Nadie más había ido a verla. La gente que conocía, en su mayoría, era del ambiente nocturno y, si por alguna casualidad se hubieran enterado de algo, seguramente no se habrían acercado, por mucha pena que les hubiera dado. Eran vampiros nocturnos y preferían no meterse en líos. El señor le propuso un trato: si no denunciaba a su hijo Alfonso, estaba dispuesto a poner a su nombre un estudio nuevo en pleno centro de la ciudad y le pagaría los cinco millones que su hijo le prometió.

Maite maduró la decisión durante un mes entero. Estaba sola, muy sola, malherida y sin recursos. «El daño está hecho —se dijo—. ¿Y contra esa gente qué puedo hacer yo? Son millonarios de la zona alta de Barcelona. Imposible perpetrar una venganza, y menos judicial. Cogeré el dinero, me quedaré con el piso y no denunciaré a esos hijos de puta». Estaba decidida... entonces le vino a la memoria ese pequeño tatuaje que uno de sus torturadores llevaba en la muñeca. No quiso pensar más. Cuando el hombre volvió un mes más tarde, Maite aceptó con una condición.

El padre de Alfonso escuchó atentamente y respondió con...

—Claro que sí, chiquita —prometió—. Te juro que no vas a volver a ver al desgraciado de mi hijo. ¡Nunca más!

El viejo estaba indignado y avergonzado al ver las consecuencias de la locura que su hijo había cometido contra esa pobre mujer. Con un ademán cariñoso y los ojos cristalinos, le dio las gracias. En ese momento, metió en uno de los bolsillos de la bata un sobre que contenía una tarjeta de crédito a su nombre con un número de cuenta y un papelito con una dirección. «¡Ahí tendré mi nuevo hogar!», pensó Maite con la cara desencajada y aún amoratada por los golpes.

Tenía uno de los ojos teñido de sangre, le escocía, pero lloraba sin consuelo alguno y abrazó a ese hombre sin saber por qué. Este aceptó de buen grado, encorvado y con alguna lágrima, le devolvió ese fuerte abrazo, como si fuera su hija... Era un pobre hombre, al fin y al cabo, al que la vida le había hecho lidiar con un hijo desequilibrado y malo. No esperaba clemencia para Alfonso, para ese engendro, ese demonio que tenía en casa. Un animal que la dejó mutilada y enferma para el resto de su vida.

El hombre salió de la habitación limpiándose los ojos con un pañuelo y dándole las gracias con la cabeza gacha. Era alto y delgado, pero en esos momentos parecía haber encogido tras ver cómo su hijo y sus amigos habían dejado a esa pobre chica. Maite se quedó de pie, mirándolo, como si de un ángel se tratara. No estaba acostumbrada a que nadie le diera nada. Estuvo un par de minutos quieta, con la vista perdida. Lágrimas corrían por todo su rostro, mojando la bata azul celeste que llevaba puesta como si fuera una niña. El batín le colgaba de los hombros, sujeto apenas por un par de pinzas. El flequillo le tapaba la cara. Mantenía el equilibrio con la muleta y las piernas medio abiertas. No miraba a nadie, solo fijaba sus ojos en la nada. Hasta que una enfermera que hacía la ronda la llevó hasta la cama con mucho cuidado. Maite tenía la mano derecha dentro del bolsillo, agarrando con fuerza el papelito que aquel hombre le había puesto. Se quedó dormida después de que la enfermera le administrara un calmante. Entre sueños susurraba: «¡Sola, estoy sola!». Ya no le quedaban lágrimas.

Al cabo de unos meses, salió del hospital. Cambiaría por completo de vida. Le quedó una leve cojera y un dolor permanente en las costillas que aliviaba con medicamentos diarios. «¡Estoy viva!», pensaba cada vez que los recuerdos deambulaban por su mente. «¡Estoy viva!».

Habían pasado ya algunos años de la pesadilla. Tenía su propia vivienda y había enderezado su vida. Ahora estaba con el hombre más bueno del mundo, y era lo único que le importaba. Se sentía como una niña feliz. Se iban a Portugal, a Oporto, ni más ni menos. Tenían el vuelo a las tres de la tarde. Faltaban cinco horas y debían llegar dos horas antes.

Con una maleta y una mochila cada uno, llamaron a Juan, uno de los primos de José, que los llevaría al aeropuerto. El bueno de José no tenía hermanos. Maite, en cambio, era hija de gentes de campo en Extremadura, Badajoz. Tenía un hermano, Antonio, que se quedó con la finca cuando murieron sus padres, llena de gastos y mucho trabajo.

Había llegado a Barcelona con dieciocho años, dispuesta a trabajar honradamente en cualquier lugar. Pero las cosas de la noche, la diversión y el dinero rápido la convirtieron en una prostituta más de la ciudad, ese núcleo urbano enorme que nunca había visto antes. Su precioso cuerpo y una cara bonita hicieron el resto. Sus padres no sabían nada; creían que trabajaba en una casa de seguros. De vez en cuando, la llamaban para ver cómo estaba, y ella respondía siempre igual: «¡Estoy de maravilla, mamá!».

A su hermano le prometió que lo sacaría del campo y lo llevaría con ella a la gran urbe. Pero eso no pudo ser después de lo que había pasado, del mal que sufrió y, con la muerte prematura de sus padres, decidieron que se quedara en el pueblo. Ella lo ayudaría económicamente.

Llegaron dos horas antes, justo para hacer el *check-in* y embarcar hacia Oporto, una ciudad de la que algunas compañeras le habían hablado maravillas y a la que tenía muchas ganas de ir. Se sentaron uno al lado del otro. Ella, animada, quiso coger el lado de la ventana. Nunca había ido en avión, y eso le fascinaba.

Se perdió en sus pensamientos mientras José le hablaba de tantas cosas que tendrían que ver en esa ciudad, pero no lo escuchaba. Oía como un murmullo que le silbaba, parecía que llegaba de muy lejos.

Maite se quedó perdida en sus recuerdos con la vista fija. Una extraña sensación la invadió... Ese viaje tenía algo de especial, y no sabía el porqué. Giró la cabeza y, con una sonrisa, besó a José, que andaba distraído viendo cómo la azafata explicaba las consignas en caso de evacuación. José la miró enamorado y ella lo volvió a besar con un «te quiero».

El avión despegó del aeropuerto de Barcelona a las quince y diez de la tarde. Se agarraron la mano y volvieron a mirarse, nerviosos y concentrados a la vez, mientras el aparato ascendía hacia el cielo azul de la ciudad...

BARCELONA, 22 DE OCTUBRE DE 2023

Llegaron al hotel Ritz. Jaume salió del auto detrás de María y Marisa. Los nervios, aunque controlados, seguían con él. Las chicas lo esperaron y lo cogieron de la mano. Había unos cuantos periodistas en la entrada. No le dieron problemas. Parecía que eran de medios de información importantes, nada que ver con la prensa rosa o de divulgación sensacionalista. Entraron. Los botones se hicieron cargo de maletas y demás.

Una vez en recepción, el director del hotel y tres de sus compañeros le dieron la bienvenida con una copa de cava y un par de bandejas de montados deliciosos. Picaron y brindaron dándose las gracias mutuamente: uno, por escoger su hotel; el otro, por la recepción.

Una vez se rieron y dieron las gracias mutuamente, Joan, el director, les dio las tarjetas de su habitación. Tenían la *suite* más grande. Jaume estaba muy agradecido. Todo lo había pagado las bases del premio.

Fueron para el ascensor y una voz lo apremió:

—¡Señor Sonyer! Disculpe. Mire esta carta, la dejaron en recepción para usted. Pone específicamente que se la entreguemos en mano.

—¡Oh! Gracias. —Recibió con gesto agradecido y extrañado Jaume. No tenía remitente y se la metió en el bolsillo.

Marisa esperaba a su padre mirando el móvil. Y María hablaba con alguien por teléfono. De reojo vio cómo su marido metía en el bolsillo de la americana esa carta... Ella, siempre expectante con las cosas familiares. Nunca se relajaba. Salió el águila que llevaba dentro.

El escritor le regaló una sonrisa a su mujer. Sabía que lo observaba. María, por su lado, le hizo un ademán, de esos que preguntan más que tranquilizan. Jaume pidió a Marisa que lo esperaran en la habitación; tenía que hacer unas gestiones antes de subir. María asintió con mala cara y subieron sin rechistar.

El escritor se dirigió a una sala que tenían preparada para los clientes que lo desearan. Entró y, llamó a Pol. Al no obtener respuesta, sacó el sobre de la americana y lo abrió con cuidado. Se sentó en una de las sillas de la mesa de madera. En el interior del sobre había una nota que rezaba:

> *Tengo que hablar contigo. Si quieres saber qué pasó hace cuarenta años, llámame a este número: 66654545. Estaré esperando tu llamada.*
>
> *Maite*

No podía creer lo que leía… «¿Maite? ¿Qué Maite? ¡Joder, Maite!». Había estado hablando de ella con Pol hacía unos días. «¿Sabrá esta mujer lo que pasó? Y, si lo sabe… ¿por qué no se puso en contacto conmigo?», pensó. Volvió a llamar a Pol.

Lo que ponía en la carta le resultaba imposible de creer. Le sudaban las manos y apretaba la corbata. Un ataque de ansiedad en toda regla. Se mareaba, le dolía el pecho y veía borroso.

—¡Mierda! —Soltó la nota encima de la mesa.

En ese momento sonó el móvil:

—Hola, Jaume, ¿cómo va?

—¡Mal, muy mal! —contestó el escritor con voz ahogada.

—¿Qué te pasa, amigo? —preguntó Pol, preocupado.

—¡Tienes que venir cuanto antes, Pol!

—Tranquilízate, Jaume. Mañana tengo el vuelo. ¿Qué te pasa?

—Es Maite.

—¿Qué?

—Es Maite, Pol. Me han entregado una carta en recepción. Quiere que nos veamos.

—¡Ni se te ocurra! No quedes con esa mujer.

—Pero me dice que…

—¡Esa Maite es una puta, Jaume! —le cortó Pol bruscamente.

—Pero… ¿qué me dices?

—¡Es una prostituta del barrio, Jaume!

—¿Una prostituta? ¿Tú llevaste una prostituta? ¿Cómo se te ocurrió tal cosa, Pol? ¿Qué demonios querrá después de tanto tiempo?

Dinero, Jaume. Quiere dinero. Seguramente te ha visto en cualquier periódico o noticia de la tele. Habrá olido el dinero.

—¿Y tú qué coño hacías ese día con una prostituta, Pol? —volvió al trapo Jaume.

—Es una larga historia, amigo. Mañana te lo contaré. Pero ahora no hagas nada. Tómate un lorazepam y tranquilízate. Te siento ansioso. Llámame si te hace falta. Estoy acabando las cuatro cosas que me pediste… —mintió Pol.

—Está bien. Hasta mañana.

—Chao.

Colgó el teléfono y descansó. Tenía los nervios a flor de piel. Nunca pensó que el pasado lo atraparía de esa manera. Se quedó dormitado, soñando intensamente en el poco rato que estuvo sentado, con la cabeza apoyada en los brazos sobre la mesa. —Había tomado el ansiolítico.

Se abrió la puerta de la salíta y apareció Marisa.

—¡Papá! Papá, ¿estás bien? —Adelantó los pasos hasta Jaume.

El escritor levantó la cabeza con pereza y contestó afirmativamente a su hija.

—Tranquila, hija. Estoy bien, no te preocupes. La tensión y las emociones han hecho mella. He caído rendido. Disculpad… ¿tu madre?

—Nada, papá. La he dejado duchándose. Ya sabes cómo es… —Los dos rieron—. Sacará el águila, y mejor que estés preparado para contestar a cuantas preguntas te haga.

Padre e hija rieron con esa complicidad que solo te puede dar un hijo al que amas sin tapujos.

—¡Peor que la prensa! ¡Qué digo... mucho peor! —rio el escritor, ya incorporado.

—¿Te puedo hacer una pregunta, papá?

—Claro, hija. Dispara.

—¿Te ha pasado algo? ¿Cómo te encuentras y cómo lo llevas? —interrogó Marisa muy preocupada.

—Eso son tres preguntas —sonrió—. Estoy bien, algo cansado y, no te voy a engañar: claro que hay por ahí una sensación extraña, una especie de vidas encontradas... Pero estoy bien, mi querida nena —mintió el escritor con naturalidad.

No dijo nada de la carta. Tampoco sabía de qué iba todo eso. «Al fin y al cabo, podría tratarse de una mentira orquestada por algún *paparazzi* o vete a saber», pensó. Quería sacarle importancia. Su historia se hizo de dominio público cuando desapareció Ana, no podía cambiarlo.

Se levantó pesadamente. Darían a María una versión algo distorsionada de la realidad. Un fan, eso era, un fan le había presentado a toda su familia. María sabía que para Jaume sus admiradores eran lo primero. No tenían que decir nada más; si no, empezaría con las preguntas incómodas que no le apetecería contestar.

Fotografió con su móvil la nota que había dentro del sobre. Marisa lo cogió del brazo y juntos se dirigieron entre risas a la habitación, hablando de cosas triviales.

OPORTO, 14 DE JULIO DE 1995

Maite y José llegaron al apartamento, una suerte de estudio en el corazón vibrante de la ciudad. Las calles bullían, era un hervidero de tráfico denso y un constante batallón de obras que alteraban el pulso de peatones y vehículos. «Una ciudad vieja y hermosa», pensaron al unísono, embelesados.

Apenas instalados, José tomó una mochila y salieron a explorar. La avenida descendía hasta el rio Duero. «Qué bonito», murmuraban en sincronía. *Rua* de Mouzinho da Silveira: un nombre que debían grabar en la memoria, aunque, inmersos en el centro de Oporto, no parecía una ardua tarea.

Se habían documentado sobre un sinfín de experiencias por vivir, entre ellas, la visita a un mercadillo cercano. Consultaron el papel con la dirección: *Zona Riberinha*. Y hacia allí se encaminaron. Hicieron una pausa en un bar-pastelería que exhibía tentadoras delicias. Se regalaron un pastel cada uno.

—¡Qué exquisitez! —comentaron con entusiasmo.

El mapa era innecesario; el destino se encontraba a un breve paseo de diez minutos. Sin embargo, la riqueza visual de la ciudad era tal que la ubicación exacta del mercado resultaba secundaria. Había tanto por descubrir, tanto, que la lente de la cámara anhelaba capturar todo ese paisaje de sombra, luz y edificios antiguos.

Maite llevaba colgada al cuello su pequeña y compacta cámara, lista para inmortalizar cualquier instante que la sedujera. Un presentimiento la asaltó: veinticuatro exposiciones no serían suficientes para contener su ansiedad fotográfica. Tendrían que comprar más carretes, de eso estaba segura.

Descendieron por las calles llenas de restaurantes y tiendas. La algarabía del mercado ya era palpable, el eco del trajín de gente arrastrando carros, mochilas y bolsas repletas de curiosidades. Aquel mercadillo impregnaba el aire con el aroma de barrio, de gente auténtica ofreciendo sus mercancías. Turistas curiosos se mezclaban con vecinos habituales. Algún carterista acechaba, buscando una oportunidad fugaz, aunque ya estaban advertidos de su presencia: simples ladronzuelos de poca monta.

Tras los puestos, resonaban las voces en grito de los comerciantes, ensalzando las gangas del día. Un sol benévolo acariciaba sin quemar, en contraste con la lluvia, que, cuando llegaba, lo hacía con insistencia.

Ambos irradiaban inequívocamente su condición de turistas: pantalones cortos y camisetas ligeras de tirantes. José calzaba chanclas de dedo; Maite, unos zapatos cerrados en la punta, una necesidad impuesta por la ausencia de dedos en su pie izquierdo.

Él se detuvo, absorto ante una selección de cedés de música autóctona. Ella, en cambio, deambulaba distraídamente ante un puesto de zapatillas veraniegas. En realidad, nada en particular captaba su interés, pero disfrutaba del bullicio, observando el ir y venir de las personas, sus charlas animadas y sus regateos por unas pocas monedas. «Aquí palpita la vida de verdad», pensó, saboreando un chupa chups y protegida tras unas gafas de sol que ocultaban la mitad de su rostro.

Continuó su paseo, dejando vagar la mirada. De repente, una de las paradas, a unos veinte metros de distancia, llamó su atención. Algo le resultó familiar. Una mujer examinaba un puesto de camisetas y pantalones. Sostenía una prenda blanca entre sus manos, observándola con los brazos en alto, un gesto que denotaba agrado. Vestía un tenue vestido de hilo azul celeste y una coleta rubia le caía suavemente por la nuca.

Se acercó lentamente. Un niño, que estaba junto a la mujer, fijó sus ojos en Maite y alzó la vista, como alertando a su supuesta madre de la presencia de alguien. La mujer depositó la camisa con un cortés agradecimiento al vendedor y se marchó a toda prisa. Maite se quedó perpleja. La figura de la rubia le resultaba vagamente conocida, aunque no lograba precisar quién podía ser. Sin embargo, una certeza intuitiva le decía que la conocía. Intentó seguirla con la mirada, pero la perdió entre la multitud. Se detuvo en mitad del estrecho callejón, mientras la riada de gente la sorteaba por delante y por detrás. «¿Quién era esa mujer? ¿Y por qué huyó con tanta premura?».

De repente, unos brazos la envolvieron por la espalda, rodeando su cintura, y una cabeza se apoyó en su hombro. Una sonrisa se le dibujó en los labios.

—Hola, querida. ¿Ocurre algo? Solo te digo que estás parada en medio de la calle y la gente te está esquivando —dijo José, con una risa afectuosa.

—Nada, mi amor... soy feliz —respondió Maite, inclinando la cabeza hacia atrás en busca de un beso en la mejilla.

No le dijo nada a José. Se adentraron en el pasaje, entre tenderetes, cantantes y malabaristas. Tomados de la mano, conversando sobre trivialidades. Maite, sin embargo, no podía evitar dirigir miradas furtivas a ambos lados. La curiosidad por la mujer que había huido sin motivo aparente la mantenía intrigada.

BARCELONA, 23 DE OCTUBRE DE 2023

El día de la entrega del premio amaneció a las siete. La familia Sonyer ya estaba en pie cuando llamaron a la puerta de la habitación. María abrió y dos camareros empujaron un carrito repleto de delicias: cruasanes dorados, tostadas crujientes, mermelada brillante, zumo de naranja recién exprimido, café aromático y leche humeante. Un festín matutino en toda regla.

María, con los ojos brillantes de hambre, corrió a tomar una de las pastas. Jaume salió y, con un gesto generoso, deslizó una suculenta propina en las manos de los camareros. La felicidad rebosaba en el aire, salpicada de comentarios triviales y banalidades compartidas entre risas.

—Hoy va a ser un día agotador —comentó Marisa mientras mordía una tostada.

—No, hija. Será lo que nosotros queramos que sea, cariño —replicó María, apurando un sorbo de café. Se giró hacia su marido—. ¿Y tú cómo estás? —La pregunta flotó en el aire, más retórica que inquisitiva—. ¿Qué decía la carta que te entregaron ayer al llegar? —Jaume soltó una carcajada sonora que a María no le hizo la menor gracia—. ¿Me lo vas a contar, Jaume?

El escritor estaba preparado para la pregunta que, con certeza, su mujer le formularía.

—¡Claro, vida! Era una simple carta de bienvenida... nada más.

—¿Me la enseñarás?

—Imposible, María. En cuanto la abrí y vi su contenido, la deseché.

Ella lo miró con extrañeza, sin terminar de creerle, pero decidió dejarlo pasar... por el momento.

Tras el desayuno, se vistieron y salieron a pasear por la ciudad. Eran las nueve de la mañana y la gala de entrega no sería hasta las veintiuna horas. Pol tomaría su vuelo a las once treinta, con llegada prevista sobre la una y media. Tenían tiempo de sobra para perderse por las calles de Barcelona. Llamó a Daniel, el chófer que los había recogido del aeropuerto; le había caído bien...

Estaban en la recepción cuando a Jaume se le ocurrió hacer una llamada, lejos de sus mujeres. La curiosidad por saber más le carcomía. La nota había sido concisa y directa. Antes de salir, los tres aprovecharon para usar el baño del hotel. El escritor se encerró en el aseo y, tras meditarlo un instante, cogió su móvil. Buscó la foto donde guardaba el número de esa tal Maite. Pulsó los dígitos y la pantalla del iPhone mostró el logo de la llamada. Respiró hondo y marcó, sin pensarlo más. Un tono, dos tonos, tres tonos.

—¿Hola? —Una voz femenina y anciana resonó al otro lado.

—Perdone la molestia, soy Jaume Sonyer, ¿usted es...?

La llamada se cortó abruptamente, dejando a Jaume observando la pantalla del móvil, sentado en el inodoro. Se levantó y, antes de que pudiera subirse los pantalones, el tono de llamada interrumpió el silencio.

—¡Hola! Soy... —La voz se apagó de inmediato.

—Sé quién eres, Jaume. Soy Maite. ¿Te acuerdas de mí?

—Supongo que sí. Tú eres Maite.

—Sí, soy yo. La misma Maite que te envió un sobre a tu dirección en París. Con un diario y unas fotos de Ana.

Se hizo un silencio denso, un silencio preñado de gritos contenidos que llegaban desde muy lejos. Gritos largos, oscuros, cargados de pena. ¡Gritos y más gritos! Solo ecos de dolor resonaban en su corazón encogido. Gritos de una soledad triste, de una nueva inquietud que creía haber dejado atrás y que ahora regresaba, empapada de lágrimas sombrías.

No supo cómo reaccionar. Nunca había abierto aquel maldito sobre sin remitente. Se levantó con el alma desquiciada.

—¿Estás ahí? —preguntó la voz con preocupación.

—Sí. Sí, claro. ¿Qué quieres de mí?

—Hablar contigo. Necesito hablar contigo, Jaume.

—¿De qué, Maite?

—Sé qué pasó, Jaume...

El silencio volvió, palpable, cortante.

—Dime, Maite. Te advierto que, si haces esto para sacarme dinero, no te daré ni un euro... ¿entendido?

—¿Crees que a estas alturas me mueve el dinero, Jaume? Qué absurdo. Si hubiera querido tu dinero, lo habría hecho hace muchos años.

—¿De verdad sabes lo que ocurrió con Ana?

—¡Para, Jaume, para! A todas las preguntas que puedas hacerme te digo que sí. Pero deberíamos hablar de ello en persona, ¿no crees?

—Ahora me es imposible, Maite. Sabes lo del premio.

—¡Claro que lo sé! —exclamó Maite con un tono que Jaume no supo descifrar.

—Pol llega esta tarde y me tiene una agenda muy apretada, llena de entrevistas, radio y televisión, además de compromisos sociales.

—¡Ah, Pol, tu amigo! —dijo la mujer con sorna.

—Sí, Pol: mi asesor y mi mejor amigo. ¿Tienes algo que decirme de él?

—Nada, la verdad. Tu amigo —rio Maite brevemente.

—Pues eso. Cuando termine con todo lo que debo hacer, te llamaré. ¿O quizás Pol?

—Ni se te ocurra, Jaume. Tu amigo no debe saber nada de esto. Bueno, ¡nadie debe saber que nos vemos! Si no puedes guardar el secreto, dímelo y lo dejamos.

—Sí, claro que sé guardar secretos, Maite. Nadie lo sabrá. Ya me las arreglaré para quedar sin que nadie sospeche nada.

—Pues bien. Cuando estés dispuesto, me llamas a este mismo teléfono.

—Así lo haré, Maite.

Al escritor se le erizó el vello y una lágrima solitaria rodó por su mejilla.

—Ahora estate tranquilo. No querrás que tu mujer sospeche.

—No, claro.

—Pues hasta pronto, espero tu llamada.

—Espera. Espera un momento. ¿Por qué ahora? ¿Por qué me vas a contar lo que sabes?

—Mira, querido. Nadie se merece pasar por lo que pasasteis tú y tu familia. Debo hablar antes de morir. Estoy enferma y, por lo que veo, no recibiste el sobre, o no lo abriste. Había un teléfono al que no llamaste jamás... Pues bueno, aprovechando que has vuelto a Barcelona, quería que escucharas la verdad sobre Ana.

—Gracias Maite.

—De nada Jaume. Colgó sin más.

Jaume salió con el rostro cambiado. En muchas ocasiones soñó que Ana podía estar viva. Nunca la encontraron. Tantos años culpándose, y resultaba que su querida Ana podría haber vivido todos esos años. Se sentía feliz. Ahora tenía la esperanza de volver a verla, aunque fuera una sola vez. No quería crearse demasiadas esperanzas. Tampoco le había dicho que Ana estuviese viva.

Volvió a recomponerse y salió con una sonrisa amable y abierta, de las que solo las buenas personas son capaces de ofrecer. Los gritos tristes cesaron en su alma. Ahora se ofrecía dentro de su ser uno de esperanza. No quería pensar demasiado, porque su amada esposa notaría algo. «¿Y... si se lo dijera?», se preguntó. Al mismo tiempo, negó la respuesta. No sabía si decírselo a Pol. ¡No! Tenía que urdir un plan para poder cogerse unas horas libres. Era complicado, pero debía hacerlo sin que se enterara nadie. Era mediático dentro del mundo literario. La mayoría de la gente de la calle no lo conocía. «Por suerte», se dijo. Nunca quiso entrar dentro del famoseo barato, aunque le reportara más dinero. Vivir acosado por la gente y la prensa no era negociable. Salir de la locura mediática le costó una huida a París. Con esa determinación, consiguió con los años que lo dejaran tranquilo. Ahora, después de tanto tiempo, descubrir lo que le había ocurrido a su amor de juventud no era un sueño. Y, si María llegara a enterarse de tal cuestión, lo entendería. De eso estaba seguro. Creía que lo ayudaría. Pero, por si acaso, no iba a decirle nada, no fuera a ser un bulo. Esa llamada le rompió todos los esquemas. Salió del baño y ya lo estaban esperando ansiosas.

—¿Se te tragó el inodoro, cariño? —preguntó con sorna María.

—He desayunado demasiado. Pero vamos, ya estoy mejor. Nos espera Daniel.

—¿Daniel? —preguntó Marisa con sorpresa.

—Sí, ¡el chico que nos trajo del aeropuerto, hija!

—*Ok*, papá. Perdone usted... —le dijo riendo.

—Debes acordarte siempre de la buena gente, cariño. Esas personas son por las que vale la pena todo esto. ¿Estamos?

—Sí, papá. Tú siempre tan bueno. —Le dio un beso en la frente.

—No tanto, no tanto. Pero hay que respetar y saber cuándo es necesario acordarse de alguien. Nunca sabes si algún día lo puedes necesitar. Y Daniel es de Barcelona y nos puede echar un cable para encontrar cualquier cosa que necesitemos. ¿No?

—Tienes razón. Pero es algo egoísta también lo tuyo.

—Por supuesto. Ya te he dicho que bueno sí, pero no tanto.

Los tres se pusieron a reír entrando en el coche y saludando a Daniel. Jaume se sentó en el lado del copiloto. Las chicas se extrañaron.

—¡Oídme! —exclamó el escritor—. No quiero ir de presidente de nada. He llamado a mi amigo Daniel para que nos lleve a dar una vuelta y ha accedido muy amablemente. Así que será nuestro guía y almorzará con nosotros.

—Me parece fantástico. —María, desde el asiento de atrás, miró a Daniel y le extendió la mano—. Soy María. —Marisa hizo lo mismo—. Encantada de que nos acompañes en el día de hoy. El joven Daniel miró por el retrovisor y observó una sonrisa enrojecida de la joven Marisa y, regalándole un guiño simpático, rezó:

—Será un gusto, señoras. —Y, orgulloso, empezó a mover el coche despacio—. ¿A dónde vamos, amigos?

—A pasear, Daniel, a pasear —contestó Jaume amablemente.

—Pues nada, allá vamos... ¿Pero digan a dónde quieren ir? Barcelona es muy grande —preguntó Daniel mirando a todos con una mueca graciosa en los labios. Su rostro enrojeció de vergüenza. Ya no sabía si tutearlos o no.

Una risa estalló dentro del auto. El chico estaba que no cabía en la camisa de orgullo. Y la familia Sonyer lo percibió.

—Llévanos al templo de Gaudí, amigo. —Ahora fue María quien habló con decisión.

—Eso le va a costar unas firmas más, Jaume.

—Por supuesto —dijo el autor y, mirándolo de reojo, pensó: «Tú me ayudarás, Daniel».

Salieron en dirección a la Sagrada Familia. Jaume era un gran admirador de la obra de Gaudí, así que estaba impaciente por ver toda esa transformación que había experimentado la basílica. En el trayecto, Jaume estaba en silencio. Tenía tiempo para urdir ese plan. No era cosa sencilla. Debía encontrar la manera de desaparecer durante un buen rato. Si lo que le había contado la tal Maite era cierto, no quería perder ni un solo segundo. Necesitaba saberlo todo. ¿Qué había sido de Ana? ¡Su Ana, por Dios! Y luego el sobre, ese sobre que nunca abrió... «¿Por qué no lo hice?», pensaba contrariado. También le vino a la mente Pol: «¿Por qué Maite puso en jaque a su amigo?». Descubrirlo era lo único que lo motivaba en esos momentos. Pero debía disimular. Tenía que ser feliz con el galardón, con su vida y su familia. Tampoco dudaba al respecto. Pero... Ana. ¡Ana! Empezaron a mezclarse imágenes en su mente. Recuerdos hermosos y otros con final trágico.

AEROPUERTO DE PARÍS-CHARLES DE GAULLE, 23 DE OCTUBRE DE 2023

Pol no podía pensar en otra cosa. Había vuelto a sacar el sobre de la caja fuerte, lo lanzó al escritorio y echó un vistazo rápido, con más prisa que ganas... Una ansiedad le recorría por todo el cuerpo. Pasó media hora y nada; se había metido en un galimatías del que no iba a conseguir nada. Amélie estuvo a punto de pillarlo con todas las fotografías desparramadas por la mesa. Por una de esas suertes que te da la vida sin pedirla, Pol acababa de ordenar el sobre, dejándolo en un lateral de la mesa, sin darse cuenta de que una de las fotos que más le comprometían había quedado tirada en la silla junto a la nota de Maite. Todo era un desconcierto. No miró atrás en el momento en que su preciosa novia entraba en el despacho. La oficina era su sitio, ese lugar en el que almacenaba su vida llena de secretos, algunos poco recomendables... pero estaban a salvo. Nadie tenía permiso para hurgar en sus cosas. Se despidió con un gesto rápido de Amélie, su joven y guapa novia. Y, cogiendo la maletita con ruedas que ya tenía preparada al lado de la puerta y la mochila a juego, salió de casa.

Había fotografiado lo que le pareció importante, sobre todo algunas fotos de Ana y la mayoría de las hojas del diario. También el teléfono de Maite. Iba a llamarla, de eso estaba seguro.

Esperó antes de hacerlo. Le vino el recuerdo de ella. Esa mujer era la más bonita de todo el aluvión de señoritas de alterne que había conocido en esa época. En su juventud frecuentaba las casas de citas de la zona alta de la ciudad. Le gustaban mucho las mujeres y Pol no era un tipo muy agraciado. Divertido y risueño, pero las chicas que le atraían eran muy bellas. No le quedaba más remedio que ir a estos locales.

De camino en taxi al aeropuerto, seguía cavilando sin cesar.

El avión salía con dos horas de retraso. Mientras tanto, llamó a Jaume, repasó facturas y algunas de las entrevistas que había convenido con los diferentes medios de comunicación. A Jaume no le entusiasmaba demasiado el tema, pero era algo que venía con la fama del autor, y lo sabía. No ponía problema. A lo que sí se negaba era a dar ninguna entrevista a según qué periódicos y revistas del corazón.

Miró enfadado el número de teléfono que había fotografiado de Maite, ese puñetero papelito que metió dentro del sobre... ¿Para qué se había puesto en contacto con Jaume? A saber lo que le iba a contar. Estaba nervioso, no cabía la menor duda. El avión se retrasaba un par de horas por un problema técnico.

Llegaría a la Ciudad Condal a las quince treinta horas de la tarde. «¿Qué le estará pasando por la cabeza a mi amigo? Y Maite... ¿qué le quiere contar esa bruja? ¿Con qué historia irá a ver a Jaume? Por Dios, pero ¿qué está pasando?», intentó tranquilizarse. Al fin y al cabo, él era uno de los afectados en la desaparición de Ana. Se aferraba a esa idea, que, cerca de ser verdadera, escondía algún que otro secreto que solo él y Maite ahora sabían. Sonó el móvil.

—Hola, Jaume. ¿Cómo te encuentras?

—Bien, Pol. Tenemos que hablar —respondió con voz seria—. ¿A qué hora llega el vuelo?

—Sobre las cuatro. Eso pienso. Se ha retrasado. Problemas técnicos o eso parece.

—Está bien. Cuando salgas del aeropuerto, ven directamente al hotel. Hay algo que debo saber y no sé si tú me lo puedes contestar.

—¿Qué es lo que te trae en ascuas, Jaume?

—Te lo cuento en el hotel. Que tengas un buen vuelo.

Colgó sin más. Pol se quedó hundido. ¿Qué había pasado? Pocas veces Jaume le hablaba así, tan serio, tan seco. «¡¿Qué cojones le ha dicho esa mala puta?!», pensó asqueado. Tenía que llamarla. Lo hizo... Nadie al habla. Volvió a intentarlo... tres, cuatro y cinco tonos. Nada. No tenía claro si el número seguía siendo el de ella. Había transcurrido demasiado tiempo.

La espera en uno de los pasillos de la terminal se hacía pesada.

—¡Joder, joder, joder y mil veces joder! —chilló sentado en uno de los bancos del aeropuerto.

Unas chicas que había a su lado salieron despavoridas. Dos policías que andaban vigilando le preguntaron si andaba todo bien. Pol se pasó de frenada y les dijo que sí, gritando histérico, con los ojos rojos, llenos de rabia. Los dos agentes se lo llevaron a un cuartito que tenían para las urgencias.—¡Perdonen, agentes! Es que he recibido una noticia que no esperaba —mintió, y los polis lo notaron.

—Intente relajarse. Y cuéntenos qué le pasa.

Pol se quedó pensando. No podía decir todo lo que pasaba, solo que llegaba tarde el vuelo y que el gran Jaume Sonyer i Sala lo estaba esperando. Hasta ahí no había dicho ninguna mentira. Todo era cierto.

—¿Y qué noticia ha recibido, señor?

Uno de los agentes se quedó mirando la cartera y la mochila que llevaba el asesor. Volvió a pensar, y los policías en ese momento decidieron que no se creían nada de aquel hombre. Así que le hicieron sacar todo de la cartera y la mochila. Lo pasaron a un pequeño vestidor y le pidieron amablemente que se desnudara. Pol no podía creer lo que estaba ocurriendo. Pero, cuanto más pensaba, más nervioso se ponía, y, cuanto más nervioso, menos convencía a la patrulla. Eran cinco los que lo rodeaban en esos momentos.

—¡Por favor! Tengo que coger el próximo vuelo a Barcelona. ¡Se los ruego! Déjenme ir.

¡Cómo se había torcido todo! No se lo podía creer...

—Dejen que haga una llamada. Es necesario. Tengo que llamar a mi jefe y explicarle lo que ha pasado. Ustedes no lo entienden. Va a recibir el premio más importante de su vida, y yo, que soy su mánager, no voy a estar por culpa de un grito. ¿Lo entienden? ¡Un grito en una circunstancia inusual!

—Mire, señor. Ahora le vamos a dejar llamar a quien quiera, pero nos va a explicar con pelos y señales el porqué del espectáculo que ha liado.

—¿Estoy detenido? Porque, si lo estoy, quiero llamar a mi abogado.

—¡Uf! Tiene abogado —se dirigió a él con sorna uno de los agentes.

—¡Que sí lo tengo! —gritó, ahora ya enfadado—. Tengo el mismo que el señor Jaume Sonyer i Sala, y lo voy a llamar en cuanto me den mi teléfono.

Los policías se miraron intrigados. Ahora ya empezaban a dudar de si ese tipo era de verdad el representante de aquel escritor que tanto se anunciaba en todas partes. Uno de ellos le preguntó:

—Si tanto lo conoce, ¿me podría usted decir dónde vive?

—Pues claro.

El policía cogió el móvil e hizo una llamada. En cuanto colgó... miró a Pol y le dijo:

—Lo siento, salga rápido. Aún está a tiempo de coger el vuelo. Voy a llamar para que lo esperen... ¡Ah! Y otro día se lo piensa antes de ponerse a gritar en un sitio público, menos en un aeropuerto. Estamos en alerta cinco con el terrorismo, por si no lo sabe.

Pol se puso la ropa y, sin decir nada, los miró con cara de asco, se fue corriendo a coger el vuelo, ya hacía un buen rato que habían avisado a los pasajeros.

Llegó a la puerta de embarque medio asfixiado. Una experiencia para olvidar... Tenía varios wasaps de Jaume y Amélie. No iba a contestar en esos momentos. El vuelo tendría que haber salido hacía un rato. La policía se encargó de que lo esperaran. Suponía que sería una falsa alarma o algo por el estilo. Igualmente, ya llevaba más de dos horas de retraso. Le daría tiempo de planear todas las posibles respuestas que su amigo y jefe Jaume, con toda seguridad, le iba a hacer.

—Un interrogatorio en toda regla —se dijo en voz queda.

Conocía a su amigo, una gran persona, pero nunca dejaba nada al azar. Así que, en cuanto se sentó, cogió el móvil y repasó todo por internet antes de que le obligaran a apagar el dispositivo. Nada, ninguna noticia en los medios de comunicación. Nada fuera de lo común. Se hacían eco de la llegada del autor, con alguna fotografía entrando en el Ritz con María y Marisa. Nada extraño. Hizo algunas capturas. Necesitaba verlo todo con tranquilidad, leerlo y luego repasar el diario de Ana. Parecía que todo estaba en orden. O eso pensaba el asesor.

OPORTO, 20 DE JULIO DE 1995

Llevaban seis días en esa ciudad que les tenía maravillados. Pactaron un día de reposo. Estaban cansados de tanto ajetreo, puesto que llevaban un trajín de armas tomar. Iban a tomárselo con tranquilidad. Dejaron el coche que habían alquilado un par de días antes en un parking.

—¿Qué te parece si vamos al mercadillo después de desayunar? Nos quedamos por la zona a comer. Mañana seguimos todo el *tour* planeado.

—Me parece bien, José. Tienes razón… quiero mirarme unas chanclas que me aguanten mi pobre pie.

Los dos se rieron tirados en el sofá. José agarró el pie de Maite y lo besó haciéndole cosquillas.

—¡Deja mi mutilado pie! —chilló ella.

—¡Me encanta tu pie mutilado! No quisiera tener otro. Es más me gusta tu pie de tres dedos. Parece un tirachinas. —Y, riendo. Volvió a besarlo.

Maite lo abrazó y acabaron haciendo el amor entre risas y caricias. Los dos eran personas maravillosas. A Maite el cambio de vida le removió todo su ser. Volvió a ser la chica que había llegado a Barcelona, llena de ilusión y de ingenuidad, que por desgracia la llevó a lo más podrido de la sociedad. Ahora volvía a ser Maite la buena, Maite la sana, Maite con heridas, pero, al fin y al cabo, la chica que llegó del pueblo con más ilusión que dinero.

Salieron a la calle. Eran las once de la mañana y se dirigieron al mercadillo con una mochila, un bolso pequeño colgado de una cuerdecilla, unas zapatillas y ropa cómoda. Un montón de personas bajaban la calle hacia la feria, familias enteras con bolsas y carros. Llenaban esa avenida, cuyo tránsito estaba parado por la multitud. Compraron unas deliciosas pastas donde siempre. Andaban y charlaban de cómo sería vivir en esa ciudad. Sabían que unas vacaciones no eran lo mismo que vivir, pero les gustaba imaginar cómo podía ser la vida fuera de Barcelona.

Atravesaron el puente y llegaron a las tiendas. Toldos, mesas y mantas en el suelo, ofrecían un montón de recuerdos. Enfrente, el río Duero quedaba a sus pies y dibujaba un paisaje idílico. Se adentraron en los tenderetes, un despliegue de gentes que respiraban y llamaban a su suerte, comprando gangas que quizá nunca utilizarían. Pero la compra no era lo más importante, sino el paseo con sus familias, amigos o parejas.

Un viento fresco llegaba del río e hizo que se pusieran la chaqueta fina. Maite se acurrucó contra su marido con ternura. Ese lugar tan peculiar podía llegar a cuadrar las cuatro estaciones del año en una sola mañana. Por eso, llevar algo fino en una mochila no estaba de más. Podía llover, refrescar y salir el sol en un rato. Un espectáculo de color y edificios antiguos. Era precioso todo lo que veían. Una ciudad imprescindible, pensaron en todo momento.

Un *déjà vu* la obligó a volver hacia atrás su gesto. Le llegó al pecho una serie de vivencias que tenía aparcadas en el fondo de su memoria.

—¡Esa mujer! ¡Vida! ¡Esa mujer! Es... es...

José la agarró del brazo para que Maite no cayera al suelo. «Un desmayo», pensó. Pero no lo era.

—¿Qué te pasa, amor mío? Dime. Explícame, ¿quién es esa mujer?

—¡Es Ana! ¡Es Ana!

Lloraba. Las lágrimas se le esparramaban por todo el rostro. Y es que, desde su desaparición, Maite se había sentido culpable. Nunca pensó que esa pija a la que había invitado a drogas acabaría la noche de esa manera, desaparecida y dándola por muerta. Las drogas eran el caldo de todos los jóvenes que conocía, la manera que tenían de salir de fiesta. Estaba tan arrepentida que nunca se lo perdonó.

—¿Qué Ana, Maite? Dime, por favor.

La chica andaba con un niño rubio de unos doce años y muy despeinado. Se quedó mirándola. Llevaba una especie de túnica. Se notaba en el rostro una oscura neblina curtida por la vida. Fue acercándose a Maite, con el chico cogido de la mano, muy lentamente. Parecía que la conocía. Estaba extrañada. Esa mirada de ojos oscuros la contrariaba.

Maite, al ver que se acercaba, fue recomponiendo su estado. La rubia estaba a tres metros de ella. Esos ojos azul celeste se le clavaron como agujas. «Es ella. Es ella. Hay miradas que nunca se olvidan», pensó con gran estupor.

—¡Ana, ¿eres tú?! ¡Eres tú! ¡No te vayas, por favor! ¡¿Qué te han hecho?! No te vayas.

Volvió a tocar el suelo con las rodillas. Estaba muy frágil y no pudo hacer nada. Se puso a llorar, no encontraba consuelo posible. Había recompuesto una vida llena de vicio, mentiras y falsas esperanzas. Ahora, esa chica andaba perdida, y seguro que ella tenía parte de culpa. La ansiedad la pudo. José, de rodillas, la abrazaba con el alma rota.

—¡No! ¡Yo no me llamo Ana!... —La chica salió a toda prisa de nuevo, cogiendo al crío de la mano y negando con la cabeza. En un momento de su huida, se dio la vuelta unas décimas de segundo y, enfadada, volvió a gritar—: ¡No, señora! ¡No me llamo Ana!

Desapareció en el tumulto sin dejar rastro. Maite seguía de rodillas. José la miraba aturdido. Le mataba la pena, pero necesitaba una explicación que su mujer, una vez en pie, le dio a medias. Obvió la parte en la que había sido una profesional del sexo. Nunca pensó en decírselo. En más de una ocasión, se había cruzado con algún cliente que otro delante de José. Tampoco sufrió demasiado, puesto que entre prostituta y cliente siempre hubo una especie de pacto no firmado de discreción. Miradas de complicidad las hubo, a veces con demasiado descaro, a las que José no les daba ninguna importancia. Lo atribuía a que Maite era una mujer hermosa y a que de hombres descarados la humanidad iba sobrada. Otros sencillamente intentaban esquivarla sin más.

José la cogió con cariño del brazo y con suavidad la sacó del mercadillo. Llegaron al otro lado del río y se sentaron en una terraza con vistas al Duero. Maite se sentía más tranquila y se puso a explicar al bueno de José todo lo que tenía en el corazón. Él escuchaba atentamente:

—Por favor. No me juzgues a la ligera.

José seguía sin decir nada. La curiosidad lo mantenía en silencio. Amaba a esa mujer y no pensaba que pudiera haber hecho nada tan grave. Creía que la vida en pareja empezó cuando comenzó su idilio. Lo que hiciera antes era el pasado. Prosiguió:

—Esto ocurrió hace unos... —Maite se puso a contar con los dedos—, sí, hará unos doce años más o menos. Por aquel entonces tenía un novio llamado Pol —mintió—, que a su vez era el mejor amigo de un joven llamado Jaume. Una noche, a finales del mes de junio, salimos a cenar al restaurante La Oca. ¿Sabes? —José afirmaba con la cabeza—. No conocía a esa chica ni a su novio, puesto que Pol y yo llevábamos una semana saliendo juntos, nada más. ¡Siempre me arrepentiré de lo que hice!

—Pero ¿qué hiciste, Maite? ¡Dilo ya!

—Para poner la situación en contexto, Ana iba puesta hasta arriba. Parecía que flotaba al lado de Jaume, y, una vez entrado en el restaurante, la invité a coca para que le bajara el colocón que llevaba encima. ¡Lo juro que fue así, José!

—¿Eso es todo? ¿Todo este drama es a consecuencia de invitarle a coca a una chica que acababas de conocer?

—No, no solo es eso, ni acaba aquí la historia. Al salir del restaurante, fuimos a Don Chufo, una disco que había al otro lado de la Diagonal —afirmó de nuevo—. Pues bien —continuó con el relato Maite—, antes de salir del local y viendo el bajón de Ana, compartimos un éxtasis que ella tomó sin problema. Piensa que éramos más jóvenes, no teníamos demasiadas neuronas, ¿sabes?

—Te entiendo. No hace falta que te disculpes... ¿Es todo?

—No. Después me enteré de que Ana no iba puesta de drogas. La pobre había tomado antidepresivos. Iba demasiado relajada, y con el alcohol se pasó de frenada. ¡No te digo con la coca y la pastilla que yo, tonta de mí, le invité!

—No sabías nada, cariño. No te sientas culpable. Igualmente, tomó lo que le diste sin rechistar. ¿Pasó algo más?

—Por supuesto. Y de ahí mi desesperación al verla ahora. Nos despedimos. Ellos salían de vacaciones al día siguiente. Nosotros nos fuimos a casa de Pol a tomar la última. Una vez en su casa, me contó que Ana no se drogaba, que lo que tomaba eran ansiolíticos para el estrés. Nos enfadamos mucho y me fui. Nunca más quedé con él. Al día siguiente me enteré por la prensa de que Ana había desaparecido esa misma noche. La policía la andaba buscando.

—¿Ana y Jaume? —preguntó con curiosidad José—. ¡Claro! Ahora caigo... ¿Esa no es la mujer del escritor? Es la misma historia que contaron los medios.

—Sí. Es ella —dijo Maite con un ápice de tristeza en el rostro.

—¿Y dices que esa chica que acaba de irse a toda prisa es Ana, la desaparecida? Incluso la dieron por muerta. ¿Estás segura de que es ella cariño?

—Del todo. Esos ojos son los de ella. Te lo juro.

—Pues... ¿ahora qué hacemos? ¿Vamos a la policía? ¿Avisamos a sus padres o a Jaume? Vive en París, tengo entendido.

—No. Lo estaba pensando, José. Esperemos a ver si podemos hablar con ella. El otro día estaba por aquí. Supongo que vive por la zona o tiene un sitio en el mercadillo. Las dos veces que hemos venido la he visto, pero esta vez se ha acercado lo suficiente para reconocerla. Mañana volvemos como si tal cosa. No sabemos si la secuestraron o si se fue porque quiso. Lo desconocemos. Creo que tener una charla antes de meter la pata de nuevo, será lo correcto. No quisiera volver a liar a esa pobre chica.

—Me parece muy bien, cariño. Ahora relájate. Tú no sabías nada del tema. No tienes la culpa. Créetelo, por favor.

—Gracias, José, te quiero. —Maite lo besó con lágrimas en los ojos.

Pasaron el resto del día medio conmocionados por el episodio que habían vivido. Se hizo la tarde entre picoteos y alguna cerveza que otra. Andaban cansados y, dando un paseo lleno de emociones, llegaron al apartamento. Se quedaron dormidos.

Al día siguiente se despertaron temprano, tomaron un café en el piso. Se vistieron con unos vaqueros largos, una camiseta y un par de zapatillas cerradas. Oporto amaneció fresquito y el día pedía comodidad. No hablaron demasiado del tema hasta llegar a la pastelería de siempre, donde esta vez se quedaron sentados comiendo el rico pastel. Ahí sí tenían que urdir un plan. Por lo menos intentarlo, sin que nadie saliera herido, ni mental ni físicamente. No sabían qué había detrás de la desaparición, pero tampoco si alguien la vigilaba o si se sentiría agobiada y empezaría a gritar. Lo que tenían del todo claro era, que no sabían nada. Irían con pies de plomo.

Al salir de la cafetería, bajaron la calle hasta dar con la plaza del mercadillo. Se encontraba, cómo no, lleno de gente. Iban cogidos de la mano, hablando de cualquier cosa. Sus ojos se movían de un lado al otro. No querían levantar sospechas, puesto que desconocían totalmente la situación de la chica. Intentarían ganarse su confianza si la encontraban. No sabían cómo, pero ese era el plan. Luego verían sobre la marcha lo que harían. Todo dependía del estado mental con que la vieran. Entonces actuarían en consecuencia o la dejarían en paz para siempre. Y Maite entonces, y solo entonces, podría descansar del pasado que la tenía obsesionada.

José era un tipo acostumbrado a lidiar con la gente, ducho en mil guerras en el trabajo. No daba nada por descontado y menos subestimaba a nadie. Sabía que todo era muy relativo, pero Maite era mucho más visceral: actuaba a veces por inercia, aunque era muy buena mujer. Las cosas del corazón la superaban. Había sufrido demasiado. Era una pareja perfecta. Parecía que llevaban veinte años juntos. Se entendían, aunque a veces no estuvieran de acuerdo. Andaban como el que pasea por pasear, sin dar importancia a nada ni a nadie. Eso era lo que querían transmitir.

Pasaron de nuevo por la parada de las zapatillas que Maite ya conocía. José se puso delante de ella y le hizo un gesto con el dedo índice a modo de silencio. Maite lo miró con sorpresa y Jose apuntó esta vez con el pulgar hacia atrás. Ella se dio cuenta de lo que le decía sin hablar. Lo miró por encima del hombro y ahí, detrás de una tiendecita de productos naturales, Ana hablaba con una clienta. Le mostraba unas cremas asiáticas o algo por el estilo. Los dos se cogieron de la mano y, como aquel que no quiere la cosa, pasaron por delante de ella. Maite dio un respingo, dando a entender que estaba interesada en una de esas delicias que vendían. Cogió un jabón de la mesa y lo olió. Después se lo pasó por la nariz a José y sonrieron afirmando con la cabeza, a modo de «sí, nos gusta». Disimulaban mientras la chica rubia los miraba sorprendida. Maite hizo un ademán con la mano para que la atendieran. La rubia fue hacia ellos:

—Perdone, necesitaría un jabón relajante. Entiendo que este, por el olor que transmite, debe de serlo, ¿verdad? —A Maite le temblaban las piernas, pero no se le notaba. José la agarraba del brazo con bastante fuerza, quería que notase la presión.

—Le gusta el aroma suave, por lo que veo.

—¿Habla español? ¡Qué bien! —le dijo José con alegría.

—Sí, soy española. ¿Y ustedes de dónde vienen?

—De Barcelona. Venimos a pasar unos días.

La chica no contestó. Se quedó parada sin decir nada. Parecía disimular. Envolvió el jabón y puso un par de pequeñas pastillas aromáticas de regalo.

—¿Cuánto le debo?

—Son doscientos escudos. —La miró. El niño que andaba a su lado tiró a su madre del jersey fino y blanco, tipo ibicenco. En un gesto inesperado, la chica se quedó mirando a su hijo y luego a la mujer. Con curiosidad, le comentó—: ¿Usted no es la mujer del otro día?

—Pues sí. Discúlpeme, la confundí con otra persona.

—Me dio un susto de muerte. Creí que estaba loca, por eso me fui a toda prisa —sonrió—. Me confundió con una tal Ana, ¿verdad? Pues me llamo Sara.

—Le pido que me disculpe. No suelo actuar así. —Maite se puso a reír con las manos juntas a modo de «perdone».

—Disculpas aceptadas, no se preocupe.

—Gracias, ha sido un placer conocerla. Por cierto, tiene un hijo muy guapo. Maite quería romper del todo el hielo que se había forjado como acero.

—Sí, lo es. Es mi guardián... mi todo —comentó llena de orgullo la tal Sara—. Que tengan un buen día —se despidió la rubia con una sonrisa.

—Igualmente —le devolvieron el gesto empático.

Se fueron sin decir más. No querían despertar en esa chica nada que pudiera hacerla sentir mal. Parecía ser una mujer resuelta, sin daños aparentes.

Salieron del mercadillo. Maite estaba feliz. Parecía que esa culpa que habitaba en ella desde hacía tantos años se iba a evaporar. Cruzaron el río por uno de esos puentes maravillosos que daban acceso al otro lado de la ciudad. La tensión de esos momentos había hecho mella. Decidieron ir a un restaurante a comerse un buen marisco. Andaban cogidos de la mano y con sonrisas de oreja a oreja. Tuvieron la sensación de que alguien los seguía. Los dos al unísono echaron la vista atrás. «Nada», pensaron mirándose. José hizo una broma, poniéndose los dedos en forma de pistola en la sien y, con un «¡pum!», simulaba volarse la tapa de los sesos con los ojos bizcos. Maite rio insultándolo y dándole una bofetada en el brazo.

Se metieron en una tienda donde vendían artículos de todo tipo, desde imanes para la nevera hasta gorras y gorros autóctonos de la ciudad. Estaba llena. No se dieron cuenta de que el niño de Ana los había seguido, iba con unos pantalones cortos azul celeste y una camiseta de tirantes blanca. Tenía ese moreno que solo la gente rubia puede tener. Los miró. Estiró de la chaquetita a Maite, que dio un respingo, asustándose: le pareció que algún ladronzuelo quería estirarle la mochila. Cuando bajó la mirada, se encontró los ojos del pequeño mirándola fijamente y hacia arriba. Con un ademán, avisó a José: «Mira quién nos ha seguido».

—Hola, chico. ¿Quieres algo? ¿Por qué nos sigues? —preguntó cariñosamente José.

—Sí. Quiero hablar con ustedes. ¡Por favor! —El pequeño hablaba ansioso, con la respiración entrecortada. Estaba temeroso de que alguien lo viera.

—¡Vamos! —concluyó Maite—. Salgamos de aquí y nos lo explicas.

—¡No, no! Aquí estamos bien. ¡Nadie nos ve entre tanta gente! —El niño miraba de un lado al otro sin parar. Parecía que el pecho iba a salir de su cuerpo. Los dos se pusieron de cuclillas hasta colocarse a la altura de la cara del pequeño.

—Dinos: ¿de qué tienes miedo?

—Están por todas partes. Y, si me ven, me castigarán a mí y a mamá.

Maite se quedó mirando a José con cara seria. Con la punta del suéter, le limpió las lágrimas al niño y le preguntó:

—Dime: ¿cómo te llamas, guapo?

—Me llamo Jaime. ¡Creo que estamos en apuros! —dijo soltando un mar de lágrimas. Maite se quedó de piedra: «Jaime le puso a su hijo. Jaime, Jaume. ¿Sería hijo del escritor?». Continuó el pequeño—: ¿Esa Ana podría ser mi mamá?

—¡No, no! Me equivoqué de persona.

—Entonces, ¡estamos perdidos!

—¿Por qué dices eso? —Ahora se sentía consternada por las palabras del niño.

—Ellos en cinco minutos me buscarán. Mi madre habla en sueños y dice cosas muy raras. También, en más de una ocasión, nombra a una tal Ana y se pone a llorar dormida. Por la noche se va durante horas. Vuelve con muy mala cara, se acuesta conmigo triste. ¡Algo pasa! Antes era pequeño para entender nada, pero ahora la veo triste. Sé que su felicidad es fingida. No quiere que sufra. Y ustedes... ¿cuándo se van? —preguntó desolado el niño, pero con algo de esperanza.

—En una semana —contestó José, afligido después de tan triste revelación.

—¿Nos ayudarían a mamá y a mí? —Ahora la cara era un mar de lágrimas.

—Claro, Jaime... pero ¿cómo podríamos hacerlo? Mejor sería llamar a la policía.

—¿Usted piensa que si fuera tan fácil no lo habría hecho ya? Estoy solo en todo esto. Mi madre no cree que pase nada... ¡¿Nos van a ayudar o no?! A veces llegan a la gran casa policías. Siempre pensé que hacían algún tipo de inspección y que nos iban a ayudar, pero ahora comprendo que nada más lejos de la realidad. Llegan en pareja y se van tarde, muchas veces bebidos y riéndose a carcajadas. —El chico se secaba el llanto con el antebrazo. Las lágrimas le caían a borbotones.

—Está bien. Haremos lo que podamos. Pero ahora intenta calmarte, Jaime.

—Entonces, no vengan más por la feria, por favor. ¡Yo me pondré en contacto con ustedes! —gritó arrancando a correr entre la gente que abarrotaba el local. Al pequeño se le dibujó una luz de esperanza en el rostro.

—¡¿Cómo sabrás dónde estamos?! —chilló José.

—¡Sé dónde viven!

La pareja se quedó de palmo y medio, pero lo tenían claro: debían ayudarlos.

BARCELONA, 23 DE OCTUBRE DE 2023

Pol llegó a la Ciudad Condal y se dirigió al hotel Ritz con los nervios a flor de piel. En el trayecto intentó dar respuesta a las posibles preguntas que Jaume, con seguridad, pondría encima de la mesa en cuanto pisara el hotel. Tampoco sabía a ciencia cierta si Maite le había contado su *affaire* con Ana. Tal era su preocupación que el sudor le caía por la espalda y la frente como si del mes de agosto se tratara. La corbata le ahogaba y las piernas le temblaban, sin que pudiera hacer nada al respecto.

Jaume le pidió a Daniel que fuera a buscarlo al aeropuerto y aceptó de buen grado. El escritor aprovechó que el chico era un gran fan suyo para tenerlo a su disposición durante los días que estuviera en la ciudad. Con una generosa suma de dinero, zanjaron el tema rápidamente. Tenía que llevarlo a donde le pidiera, sin hacer preguntas y con total discreción. Estar atento, por si acontecía algo inesperado con Pol o cualquier periodista camuflado. Después de la charla con Maite, no confiaba en nadie fuera de su familia. Tampoco Maite era garantía de nada... pero había abierto una puerta que dio por cerrada hacía décadas y se moría por tener una mínima noticia de lo que había acontecido hacía media vida, siempre pensó que estaba muerta, más aún después de que la policía la considerara como tal al cabo de diez años.

Llegó al Ritz en una hora. Quedaban tres para la celebración de los premios. Sin más preámbulos, se encontró en una de las salas del mismo hotel. Dejó a María y a Marisa en la *suite*. «Tengo que hablar de algo importante con Pol», les dijo secamente. Ellas entendían que, cuando se trataba de trabajo, debían dejarlo con sus cosas. Jaume sabía muy bien lo que tenía que hacer. Era tan bueno como implacable a la hora de tomar decisiones que afectaran a su empresa.

—Pasa, Pol. ¿Cómo ha ido el vuelo? —preguntó tranquilamente.

—Bien, gracias, Jaume. ¿Tienes algo en mente? ¿Qué necesitas, amigo?

—Déjate de tonterías, Pol. Ahora me vas a contar qué voy a descubrir de la tal Maite, prostituta. No me mientas, ¿de acuerdo? Yo me dedico a la mentira, cuento historias, así que no me vengas con milongas, te lo pido por favor... Empieza, ¿por qué llevaste a una mujer de esas a cenar aquella noche con tus mejores amigos?¡coño! —gritó al fin, enfadado—. ¡¿Pero en qué narices pensabas, tío?!

—Si me dejas que te lo cuente, y espero que lo comprendas...

—Estás tardando, Pol —dijo ahora ya más tranquilo.

—Sabes que yo nunca lo tuve fácil con las mujeres.

—No me vengas con esas.

—Pues sí te vengo con esas y más. Tú y Ana, mis mejores amigos, guapos y cultos. Ella era preciosa. Unos días antes de la famosa cena, conocí en el Aribau 240 a Maite.

—¡Pero, Pol, habíamos ido a ese antro en plan de fiesta sana un par de veces!

—Yo no fui un par de veces, Jaume.

El escritor se quedó con la boca abierta.

—¿Eras un putero? —preguntó sorprendido.

—Si lo quieres decir de esa manera, sí. Era un putero.

—Por eso no te localizaba. Ahora comprendo. Pero... ¿tanta falta te hacía, Pol?

—Mira, amigo —ahora se sinceraba a medias, claro—, a mí siempre me gustaron las mujeres bonitas y, como comprenderás, no se fijaban demasiado en mí.

—¿Por eso ibas siempre sin un duro? Empiezo a comprender. Pero eso no te daba el derecho de meter en nuestro grupo a una de esas mujeres, Pol.

—¿Qué grupo? Dime, Jaume... ¿de qué grupo me hablas? Tú, tu novia perfecta y yo, solo como siempre.

—Podías haberme avisado, ¿no crees?

—Creo que no. Una vez que llevaba a una mujer del quince, no iba a deciros a la pareja más guapa de la uni que yo llevaba de la mano a la prostituta más cara del local. Quería que vierais que yo, Pol, era capaz de tener una mujer hermosa.

—Pero ¿de dónde sacabas esas ideas tan absurdas?

—Amigo, a veces pienso en cómo puedes idear novelas tan ingeniosas y a la vez ser tan ingenuo.

—Porque lo que hago yo es un trabajo, apasionado, pero trabajo, al fin y al cabo. No es la vida real. Yo hago ficción. Mis personajes son inventados.

—Menos la última novela, ¿verdad?

—¿Qué quieres decir, Pol?

—Todos lo sabemos. Que la trama de tu última novela no es solo ficción. Tiene que ver con Ana...

—¡Eso no es así, imbécil! —lo cortó Jaume, ahora muy enfadado.

—El título es algo sugerente, ¿no crees?

—Mira, Pol, estás tan acomodado en tu poltrona que no te has dignado a leer mi última novela. No sabes de qué va... ¿verdad? —Pol bajó la cabeza, como el niño que han pillado con las manos en el bote de los caramelos—. ¡No tienes ni puta idea de qué va! Te has dedicado a leer el título y has montado tu propia película.

—*Desaparecida*. ¿No te parece sugerente?

—¡*Desaparecida* mis huevos, Pol! —A Jaume le salía humo por las orejas—. ¿Sabes lo que espero de ti, Pol?

—¡Espero que no esperes más! Cuarenta años a tu servicio. ¿El señor no está contento con su bufón? —preguntó con un tono sarcástico que Jaume, en un arrebato de ira, contestó mal.

—¡Qué bufón y qué hostias! Quiero que seas aquel hombre que me traje de Barcelona, ¿sabes? Ese tipo que no se acomodaba haciendo cuatro gestiones y tocándose los huevos el resto del día. ¿No te das cuenta? La vida de nuestras novelas depende también de ti. Tú las leías, me llamabas a altas horas de la madrugada para corregirme, me aconsejabas que pusiera o quitara tal frase o fragmento del borrador que con seguridad tenías encima de las sábanas.

»¡Bufón! Mierda, Pol, cobras un sueldo de cinco cifras. ¿Te parece un sueldo de bufón? Te pago para que me ayudes, no para que ni siquiera leas mis libros. ¿Qué narices dirás a la prensa si te preguntan? No sabes de qué va... ¿No lo ves? No te necesito para que seas un secretario más. Para eso no es necesario pagar tanto dinero... ¡¿Me entiendes, hostias?! Sé tú, ¡cojones! ¡Quiero que vuelvas!

—Pues yo necesito que te vayas a la mierda, Jaume. —El escritor se quedó con la boca abierta.

—¿Qué has dicho?

—¡Que te vayas a la mierda! No creo que estés sordo, Jaume.

—¿Pero qué coño haces, Pol? —Al escritor le cogió por sorpresa.

—Irme. ¿No lo ves?

El escritor no esperaba tal reacción. Nunca le había hablado de esa manera, pero debía hacerlo. Últimamente, lo había visto demasiado despistado, y eso no podía ser. «¿Tendrá algún problema?», se preguntó. Salió corriendo y se encontró con María, que salía del ascensor.

—¿Qué te ocurre, cariño?

—Se ha ido, María.

—¿Quién se ha ido?

—Pol. Me ha dejado con la palabra en la boca. Se ha ido...

Jaume se quedó con la cabeza gacha, como el que ha perdido algo que tiene en alta estima. «¿Qué le ocurre a Pol? Igual ha sido la vuelta a Barcelona lo que le ha removido muchas cosas», pensó con tristeza.

Lo que no sabía Jaume era que los remordimientos de su amigo eran los que le habían hecho actuar de esa manera. Venía de Francia con los nervios a flor de piel, inventando respuestas durante todo el trayecto a pregun tas que nunca le iba a hacer el escritor. Cogió el primer taxi sin rumbo aparente y salió de la Gran Vía. No sabía dónde ir, pero necesitaba respirar. Le pidió al conductor que lo llevara a la playa.

—¿Qué ha pasado, Jaume? —preguntó María acariciando el brazo del escritor—. Lo he visto salir del hotel a toda prisa. ¿A dónde iba?

—No lo sé, María.

—Pero ¿por qué?

—Cosas del trabajo, cariño —la cortó Jaume al instante.

Se notaba triste al escritor. María le pasó la mano por la espalda, intentando tranquilizarlo.

Pol se quedó sentado en la playa de la Barceloneta, la playa de su niñez. Observaba en tono nostálgico ese mar con el que tantas veces había jugado de pequeño y disfrutado de joven. Lo dejó todo por su amigo, dio su vida por él, una vida que no daba tregua. Nunca volvería a vivirla y nunca podría reparar todo lo que hizo. Su historia iba ligada a la de Jaume. Miraba el horizonte con nostalgia. Se había descalzado y jugaba con los dedos, llenándoselos de arena y lanzando pizcas de tierra. Era una tontería que hacía de pequeño. En su juventud, soñaba con descubrir playas lejanas, pueblos de arena blanca... lo que nunca imaginó es que de mayor lo haría en una gran ciudad sin mar, y ahora mismo lo extrañaba, le dolía en el fondo.

Sonó el teléfono, al que hizo caso omiso. Pol seguía con sus cosas. A todos de vez en cuando nos va bien hacer una retrospección de lo que queríamos y de aquello en lo que nos hemos convertido, pensaba, mirando el horizonte lleno de mar. Ahora, al cabo de cuarenta años, veía las olas llegando sin parar a la costa, en su querida Barcelona, que amaba tanto como a su amigo, al que siempre estuvo animando en la sombra...

Volvió a sonar el dichoso móvil. Lo sacó de la americana y lo miró. Era Jaume. Se quedó observándolo sin hacer caso. Estaba en un momento de paz. ¿Qué había hecho con su vida? ¿Le gustaba? ¿Era tarde para tal pregunta? ¿O podía trasladar su casa y acabar sus días en su ciudad? ¡Puf! No lo sabía. Sonó el teléfono otra vez.

—Hola, Jaume —contestó por fin.

—¿Dónde estás, Pol?

—No te lo imaginas. —Jaume no dijo nada. Sabía que ahora era el turno de su amigo, y es que el escritor sabía cuándo debía callar—. Estoy sentado en la playa de la Barceloneta, mirando ese horizonte que tantas veces quisimos cruzar. —Se hizo el silencio... había un mundo de sentimientos en las palabras de Pol.

»¿Sabes, Jaume? Estando aquí sentado me doy cuenta de lo mucho que he echado de menos esta playa, este mar que es nuestro y esta tierra que nos pertenece tanto como cualquier otra. Estoy triste, amigo. Barcelona es mi casa y esta playa es mi playa. París es mi trabajo y tu familia. Nada más. Como siempre, no hay nada mío. No hay nada que me atrape o me condene a estar allí. Voy a envejecer aquí, Jaume. No volveré contigo a Francia. —Se hizo un silencio lleno de ruido... el suspiro de Pol lo cortó—. Pero tranquilo, voy a ir directamente al museo. No te fallaré, aunque es la última vez que trabajo para ti. Respeta mi decisión.

—Te respeto, Pol. No lo comparto, pero lo entiendo. ¿Quieres que te mande un taxi?

—¡Por Dios, Jaume! ¿Crees que he dejado que se fuera el que me ha traído aquí? —suspiró Pol—. Ves, que vas a llegar tarde a tu propio premio. Nos vemos dentro.

—Salimos ahora, Pol.

Claro. Eran las veinte y treinta. Personalidades del mundo de la cultura y políticos solicitaban sus asientos en el gran salón que habían preparado para la ocasión. Jaume llevaba un traje nuevo, aunque nunca cambiaba de color. Parecía que solo tenía uno en el armario. Su mujer, como era natural, se quejaba al respecto. Una de las corbatas que le regaló María lucía en su camisa azul marino.

Las cámaras filmaban todo lo que se movía. Los fotógrafos, más. No se podían perder nada de lo que aconteciera en esa dichosa sala llena de personalidades. La familia Sonyer y los premiados estaban en primera fila. Andaban hablando de cómo había cambiado todo, saludando a compañeros de profesión con la sonrisa en los labios. Jaume andaba paseando la vista de un lado al otro. Esperaba a su amigo y representante.

—¡Ahí está! —Marisa dio una palmadita a su padre. Pol entraba por la puerta central, enseñando el pase a los porteros de la sala. Faltaban cinco minutos para el inicio y la intensidad de las luces fue bajando paulatinamente. Afloraban los nervios en Jaume.

—Ya estoy aquí.

—Gracias, Pol. —El escritor se quedó más tranquilo. En esos días de tanta tensión, Pol era un apoyo vital para él.

Se sentaron todos uno al lado del otro. Fue una ceremonia llena de música clásica, con pequeños toques de *ballet*. Una pantalla enorme bajaba del techo con imágenes de Barcelona y sus monumentos, de historias esenciales para la cultura de la ciudad. Fueron nombrando diferentes artistas que pasaban por el atril, contentos de haber recibido el premio al mejor guion, a la mejor versión de teatro de una obra en cuestión y algunos de televisión y cine. Hasta que llegó el esperado por todos:

—¡Premio a la mejor novela de ficción! Para el escritor más universal del país, con la novela *Desaparecida*. ¡Al escritor: Jaume Sonyer i Sala!

Los asistentes se pusieron en pie. Era el primer galardón que recibía de su querida Barcelona. El público y sus compañeros conocían su historia. Con gran orgullo y humildad, dedicó el galardón a su mujer e hija; a sus padres, que habían fallecido hacía unos años, y a su gran amigo y representante Pol García. Estaba que no cabía en su camisa. Entre sus grandilocuentes palabras, tuvo tiempo para agradecer al jurado y a sus lectores por confiar en él y valorar toda su obra. Se sentía orgulloso.

Después de largos aplausos, dejó el papel que llevaba escrito en el atril. Las lágrimas aparecían mientras miraba al público que abarrotaba la sala. De repente, arrancó con algo que no estaba en el guion:

—Quiero pedir disculpas si alguna vez he fallado a alguien. Uno no sabe lo que ocurre cuando toma decisiones. A veces perjudican a terceras personas y no nos damos cuenta. —Miró a sus mujeres, que a su vez lo miraban con ternura, sobre todo María. Marisa lloraba apasionadamente, era más visceral—. Pido disculpas si por algún motivo os fallé. —Miró hacia el suelo. De pronto alzó la vista, con la medalla en las manos. Un susurro se escuchó de entre sus labios—: Gracias, Ana, y perdona. Te fallé. —Un par de lágrimas asomaron por el rostro del escritor. Alzó las manos, hacia el cielo, y luego las bajó apuntando a María—: Perdona, vida.

María se levantó del asiento y se puso a aplaudir a su marido negando con la cabeza. Le decía que no había nada que perdonar. Todo el público se puso en pie y las voces y aplausos resonaron en la sala como si de un terremoto se tratara. Él miró hacia el fondo agradeciéndoles a todos los asistentes. Se dio cuenta de que una pareja de ancianos aplaudía con todas las fuerzas de sus pobres cuerpos cansados por los años. «Eran... Ana y Pep. ¡¿Los padres de Ana?!», se preguntó.

Al acabar la nota de agradecimientos, Jaume se quedó perplejo y seguía preguntándose: «¿Son de verdad los padres de Ana?». Nunca más había sabido de ellos después de que la policía la diera por muerta. Recordaba haber reflexionado unos meses después en una *masterclass* que ofrecieron en la Ciudad de la Luz. «El tiempo es un hipócrita —reflexionó—. Esconde las malas experiencias, los dramas, y les da esquinazo a los pensamientos traumáticos. Los esconde bajo un manto de bruma sin que aparezca nada de ellos, hasta que un día se presenta la verdad de cada uno. Entonces rompemos a llorar y la realidad se despliega en nuestra mente. Las imágenes y pesadillas vuelven pisando fuerte».

Cuando terminó, bajó a toda prisa las tres escaleras que lo separaban del patio de butacas. Dio un beso en la mejilla a su mujer y con cariño le dijo al oído:

—Espera un momento, María. —Ella obedeció. Algún amigo o empresario había aparecido en la entrega y querría saludarlo.

Jaume llegó al fondo de la sala y, bajando la vista, preguntó con nervios:

—Sois vosotros, ¿verdad?

—Somos nosotros, Jaume. ¿Cómo estás?

La señora Ana lo miraba con ternura. Pep también tenía un gesto amable. Se dio cuenta al momento de que les acompañaban unos bastones. Jaume les hizo un ademán para que no se levantaran de la silla y, con gran emoción, abrazó a la pareja que tantas veces había compartido todo tipo de aventuras, problemas y risas en su casa. «Cosas de juventud», pensó. Arqueó bien los brazos para agarrar con fuerza a aquellos dos viejecitos que lloraban de emoción al sentir su presencia.

—No pasa nada, Jaume —dijo ella mientras secaba las lágrimas de su rostro.

Pep asintió con la cabeza, dándole la razón a su mujer. Jaume se apartó un metro de ellos y se quedó mirándolos con gran emoción.

—¡Estáis cojonudos! —Ahora los cogió de la mano a los dos, formando una especie de círculo entre los tres—. Necesito hablar con vosotros... necesito que me perdonéis.

—No hay nada que perdonar, chico —dijo Pep—. Lo que tienes que hacer, Jaume, es perdonarte a ti mismo. No tuviste la culpa de lo que le ocurrió a Ana. Rehiciste tu vida, era lo que tenías que hacer, pero sabemos también que siempre la tuviste presente.

—¿Cómo lo sabéis?

—Se te nota en el rostro, cariño —afirmó Ana con gran ternura—. Eso no se puede esconder, hijo.

Por detrás apareció María. El águila había sobrevolado por la zona, sabía que algo ocurría y, cómo no, se acercó con decisión y algo de cautela.

—Hola —saludó desde atrás la mujer.

Jaume rápidamente la puso delante para presentarla:

—Mira, María: Pep y Ana, unos amigos de juventud.

María se quedó mirándolos y, con un gesto de incredulidad, observó a su marido.

—Son... son...

—Sí, vida, son los padres de Ana —intervino Jaume, sin dejar que acabara.

Un escalofrío recorrió el cuerpo de María. Los saludó con emoción.

—No sé qué decir...

—Lo sabemos. Tranquila. Eres más guapa en persona que en las revistas —dijo Pep—. ¿Y vuestra hija? Se llama... ¡sí, Marisa! ¿Cómo le va? Ana me tiene al corriente de todo. —Los cuatro rieron—. No te preocupes, cariño. Jaume siempre fue como un hijo para nosotros. Comprendemos la huida hacia delante; nosotros lo hubiéramos hecho, pero no pudimos. Siempre pensamos que Ana seguía en nuestras vidas. Nuestro sitio estaba en Barcelona, su casa, la nuestra. Su habitación está igual, tal como la dejó antes de la noche trágica. —Mientras charlaban, Marisa se acercó tímidamente.

—¡Aquí está! Ven, cariño. Te presento a unos amigos de papá.

—Encantada de conocerlos. Soy Marisa.

—El gusto es nuestro.

—¿Sabes, Jaume? Hemos leído todos tus libros. Espero que nos los firmes.

—Por supuesto, será un placer. ¿Sabéis una cosa? Sois la mejor gente del mundo. —Volvió a abrazarlos. María y Marisa estaban emocionadas, sabían de la emoción que corría por las venas de Jaume.

—Estamos felices de verte bien. Cuando supimos que venías a Barcelona, Ana no paró hasta que consiguió las entradas. Hijo —continuó Pep—, déjalo ya. Da descanso a tu mente. Eres feliz con tu familia. Ana se fue, sin más. Se nota que estás enamorado de tu mujer y que amas con todo tu ser a tu hija. Deja que Ana se vaya para siempre. Ahí donde esté, seguro que será feliz, en el cielo o en la tierra.

El matrimonio se miró complacido. Jaume percibió una pequeña dosis de picardía entre los dos.

—Voy a intentarlo. Gracias por venir. Antes de irme pasaré a veros. ¿Queréis?

—Sabes dónde vivimos —concluyó Pep—. Pasa cuando quieras.

—Esperad un momento.

Llamó a Daniel y les dispuso el coche para que los llevara. Los dos ancianos accedieron a regañadientes. Con un gracias y un «perdonadme» en la mirada, Jaume los abrazó.

—No hay nada que perdonar, cariño. Te esperamos en casa antes de que te vayas. Trae a tu familia si lo desean. Os haré una paella, sí, Jaume, esa que tanto te gustaba.

Por cierto, me enteré de que Pol es tu asesor o algo por el estilo. ¿Es cierto eso?

—Sí, está por aquí. Espera un momento.

Jaume miró de un lado al otro buscando a su amigo, pero no lo vio. De pronto y sin que se dieran cuenta, apareció por el lado derecho con la sonrisa tan contagiosa como siempre.

—¡Hola! ¿Qué tal estáis? Cuánto tiempo sin veros —dijo Pol en voz alta.

Parecía feliz de ver a los padres de Ana. Los abuelos se lo quedaron mirando y, con una sonrisa un tanto extraña, lo saludaron.

—Hola, Pol —saludó secamente Pep.

—Vámonos —sugirió Ana de una manera muy tosca.

—¿Qué ocurre? —preguntó Jaume apurado—. Esas no eran maneras de saludar al que fue el mejor amigo de su hija.

—Nada, hijo. Solo que no me encuentro muy bien y necesito estirarme en la cama. ¡Vamos, Pep!

El marido asintió con la cabeza, pero no sin antes poner la mano en el bolsillo y, con un ademán, darle el número de teléfono de casa. Eran mayores y pasar las cosas por WhatsApp no iba con ellos.

—Llámanos. Os esperamos, Jaume —dijo Pep con una sonrisa mirando a las mujeres antes de sentenciar, emocionado—: Será un placer invitarlas si tienes la amabilidad de venir a comer una rica paella hecha por Ana.

—Será un placer para nosotros —dijeron madre e hija.

Al salir del edificio, Pol se ofreció a llevarlos al hotel con el mismo taxi que lo esperaba en la calle.

—Estupendo —le dijo Jaume.

—Tú siempre haciendo amigos, ¿eh? —parloteó Pol.

—Yo siempre intentando estar un paso por delante —masculló Jaume con voz clara. Las mujeres quedaron detrás de ellos camino del taxi. Jaume le preguntó con cierta curiosidad—: ¿Qué ha pasado ahí dentro, Pol?

—¿Qué quieres decir, Jaume?

—No me toques los cojones. Pep y Ana han estado muy bordes contigo. ¿Hay algo que deba saber? Porque sabes que las mentiras tienen las patas muy cortas, amigo.

—¡Ya estamos otra vez, hombre! —Pol sacó un tono duro, fuerte—. Sabes que a los padres de Ana nunca les caí bien. ¡Nunca!

—Pero ¿qué me estás contando, Pol? ¿Desde cuándo no les caías bien?

—Desde que apareciste tú en escena. Si quieres verdades, señor Sonyer. —Jaume soltó un suspiro medio ahogado y llegaron al taxi. Al entrar Jaume y sus mujeres, Pol se quedó atrás—. Mira, Jaume, yo no voy con vosotros. Tengo cosas que hacer. Mañana nos vemos y hablamos. Estoy harto —gritó con ansias.

—Pero...

—Te he dicho que era la última vez. Y así es. Ahora vete a dudar de otro. Yo estoy cansado. Me alojaré en el Plaza, aquí delante lo tienes. —Con un ademán se despidió de Marisa y de María, que ya estaban sentadas en el coche—. Adiós. Os quiero. Mañana iré al hotel a despedirme.

Las dos se quedaron de palmo y medio.

—Hasta mañana, Pol —contestó seco el escritor.

Algo escondía su amigo. No era normal lo que estaba ocurriendo. Primero, Maite le sugirió que no era trigo limpio. Luego, los padres de Ana lo saludaron secamente y, por si fuera poco, él mismo se despidió de una forma muy extraña después de toda una vida juntos. Entendía las razones que tenía. Él mismo sentía una tracción imposible de disimular por una ciudad, una especie de química que le transmitía el solo hecho de encontrarse en ella. Algo le decía que había algo más que una añoranza irresistible. Volver a Barcelona después de cuarenta años fuera, lo encontraba lógico. Las formas no le cuadraban. Él había sido un poco drástico. Quizá se le fue la lengua con el tema de Maite y de la novela. Debería haberle hablado de otra manera. Quizás sí, pero su contestación y su manera de actuar estaban fuera de lugar.

De camino al Ritz, su mente quería empatizar con Pol, necesitaba volver a verlo como el amigo de siempre... pero le urgía que le diera explicaciones. Esas reacciones eran debidas a algo que realmente desconocía. Lo llamaría una vez llegaran al hotel. Le daría de nuevo la oportunidad de explicarse y, si lo convencía, haría borrón y cuenta nueva. Al final, era verdad que lo había apoyado durante todos esos años, pero también era cierto que era su trabajo, por el cual ganaba una suma de dinero poco desdeñable... «¡Joder! ¿Qué pasa con Pol?», se preguntó.

OPORTO, 20 DE JULIO DE 1995

De camino al apartamento, los chicos andaban con las caras serias. Había un silencio entre los dos que podía cortarse. No estaban enfadados, no había cambiado absolutamente nada, pero la situación en la ciudad era otra. Sus vacaciones se rompieron. Tenían que hacer algo... ¿o no? Cuando llegaron al piso, se sentaron en el sofá. Física y anímicamente cansada, Maite empezó:

—Todo es un tanto extraño, ¿verdad?

—Sí, cariño. Ana parecía feliz —comentó José con cierta tranquilidad.

—Eso me transmitió a mí también, cariño.

—¿Es Ana? ¿Lo tienes claro?

—Lo tengo meridianamente claro, José. Hoy me he fijado en algo que no me ha dejado ninguna duda al respecto.

—Dime.

—Primero, sus ojos. Ese color y esa mirada no los tiene todo el mundo.

—Cierto. Yo también me he dado cuenta. Una mujer especialmente hermosa, y sobre lo que dices de los ojos también tienes razón. Tienen un brillo y un color difíciles de olvidar. ¿Pero no es solo en eso en lo que te has fijado?

—Pues no es solo eso, cariño. Una pequeña mancha de nacimiento. Eso no se borra con los años. La casualidad es demasiado grande. Rubia, esos ojos, su altura y la mancha. Solo puede ser ella.

—Pero ¿cómo puedes recordar dónde la tiene?

—Justo debajo del mentón. Hay cosas que se le quedan a una en la mente y no sabes el porqué. Cuando invité a Ana a coca, le levanté la cara. Quería ver si le quedaba algo de polvo en la nariz. Ahí la vi. Una mancha muy peculiar.

—¡Dios mío! Entonces ahora sí que no queda ninguna duda.

—Claro, José. ¿No me creías?

—Siempre te he creído, Maite. Sé que tú estabas viendo a Ana. Su parecido y tu remordimiento podían llevarte a pensar que era quien tú quisieras que fuera. Pero lo de la mancha es algo preciso. Demasiadas casualidades. Luego el niño se llama igual que el escritor. Ahora lo tengo clarísimo.

—¿Pues ahora qué? —balbuceó Maite echándose en el sofá.

—Se me ocurre algo —dijo José incorporándose y jugueteando con unas monedas encima de la mesita del recibidor. Maite lo miró concentrada.

—¿Qué?

—Supongo que Ana y Jaime no deben de estar inscritos en ningún registro, menos aún con sus propios nombres y apellidos. Después de la movida que se montó con la desaparición de la pobre Ana, la Interpol o la policía de Oporto hubieran dado voz de alerta. Estamos en la Unión Europea desde el ochenta y seis, no hay frontera entre los países socios. ¿Cierto? Pues eso. Si Ana decide irse, cosa que no tenemos nada claro, podríamos salir del país tranquilamente. ¿Quién va a buscar a alguien que no existe? aunque hemos de ser cautelosos. Corremos peligro si nos pilla quien sea que los tenga retenidos. La cuestión es... ¿a dónde los llevamos? —Maite se quedó mirando a José con gesto dubitativo—. ¿Qué insinúas con esa cara? —José sonrió.

—Sé dónde. La cuestión es... —Maite se quedó pensando, con la mano derecha palpándose los labios—. Otra cosa, ¿puedes cogerte más días de vacaciones? Yo sí. Es más, me las ofrecieron porque me deben días. Debería llamar para confirmarlas. —Ahora daba vueltas por el habitáculo murmurando y sacando conclusiones.

»Como dices, nada será posible si Ana no sale de ese letargo o lo que sea que le hayan hecho para retenerla. Tendremos que cambiar de estrategia o dejarlo todo. Sé dónde llevarla, José.

—Dime. No me dejes en ascuas. Suéltalo ya —se impacientó José.

—Podría ir a mi pueblo. Mi hermano trabaja la tierra y está solo. Te aseguro que nadie irá a buscarla allí. Es un pueblo de cuatro casas alejado de todo. Estarán bien.

—¿Crees que tu hermano las acogerá?

—Mi hermano está muy solo. Seguro que sí. Es una gran persona y hará lo que le diga. Le he estado enviando dinero cada mes para pagar algunos de los gastos. Las tierras que trabaja dan lo justo, y un dinero extra le ayuda a vivir tranquilo haga el tiempo que haga.

—Eres muy buena, cariño.

—¡Lo sé! —contestó divertida Maite mientras besaba a su esposo—. Gracias, vida. Gracias por estar a mi lado.

—Tú lo haces fácil, Maite. No hay nada que agradecer.

Pasaron la tarde en casa. Parecían tranquilos, pero nada más lejos de la realidad. Los dos iban cavilando cómo salir de Oporto sin llamar la atención si Ana o Jaime se ponían en contacto con ellos. Veían sentados en el sofá una película de vídeo que el mismo casero dejaba en el mueble del salón para que los turistas disfrutaran en sus momentos de tranquilidad. Pero lo cierto es que ninguno de los dos estaba por la peli.

Miraban la tele sin verla, cuando sonó el timbre del portón. Hicieron caso omiso, puesto que sus vecinos siempre se dejaban la llave en el apartamento. Se miraron, pero no les apetecía levantarse. Él, sentado, y ella, apoyada sobre sus piernas, estaban muy cómodos sin hacer nada, pero el timbre volvió a sonar. Esta vez era insoportable, parecía que se habían dejado el dedo enganchado en el botón. Se volvieron a mirar y se levantaron a toda prisa. ¿Sería Jaime? Abrieron sin preguntar. Un ruido de pasos y de respiraciones quejosas se escuchó desde el rellano del tercer piso. Jaime arrastraba a su madre agarrándola de la mano y mirando hacia arriba.

—¡Por favor, ayudadme, no puedo más!

Jaime estaba absorto. Las fuerzas que le daba salvar la vida de su madre empezaban a flaquear. Ana parecía no querer subir, pero amaba a su hijo. Si él quería que viera algo que para él era urgente, se la jugaría. Maite corrió escaleras abajo sin dudar.

Cuando el niño le dio las gracias, su madre andaba como drogada y falta de aire, parecía tener ansiedad. Le pasó los brazos por los hombros y con fuerza le ayudó a subir las últimas escaleras que le llevaban al piso. José, con la puerta abierta, las esperaba ansioso. Todo fue muy rápido y no quería que cualquier golpe de viento cerrara la puerta.

—¡Entrad! —José estaba muy nervioso.

Pasaron por la puerta de manera atropellada los tres. Ana y Jaime cayeron al suelo, aturdidos. En un momento y después de una respiración larga y cansina, el pequeño se levantó de un salto, con la fuerza que le daba su edad.

—¡Agua para mamá, por favor, necesitamos agua! ¡Si no, se ahogará! —gritó preocupado el niño.

Maite llegó con dos vasos grandes de agua fresca y se los dio a cada uno. Ana parecía perdida. Cualquiera hubiera pensado que no sabía qué hacía allí. Jaime le acariciaba el rostro y el cabello de manera cariñosa, como siempre que la veía mal.

—Tranquila, mamá. Ya estamos a salvo.

Ana reposaba en el suelo apoyada sobre sus talones y el pequeño le hablaba de pie, con el cuerpo curvado hacia delante y con la voz queda, en modo secreto y rozando con suavidad la oreja derecha de su madre. El niño tenía los ojos cristalinos.

De golpe y sin previo aviso, Ana se apoyó sobre sí misma y con un respingo se puso en pie. Con la cara algo desencajada pero firme, se encaró a Jaime:

—Pero, vida, ¿de qué tienes miedo? —Ana tenía la mirada algo perdida.

—De ellos, mamá. De ellos. —En esos momentos las lágrimas le caían a borbotones, mojándole todo su pequeño rostro. Ana se quedó parada, no entendía bien lo que su hijo quería decirle.

—Ellos de los que tú hablas… son nuestra familia.

—¡Mamá, no son nuestra familia! Tú lo sabes. —Ahora los dos se abrazaban fuertemente.

—Pero, cariño, ¿de dónde te piensas que sale el dinero con el que nos vestimos y con el que comemos cada día? Del líder. De nuestro líder —corrió a decir Ana. Se quedó mirando a José y a Maite y, con cara de pocos amigos, les dijo—: ¡Y vosotros! ¿Qué le habéis dicho a mi hijo? ¿Qué queréis de nosotros?

—Solo queremos ayudaros.

—¿Ayudarnos a qué? Nosotros no necesitamos ayuda. —Ana estaba desorientada.

—Pues entonces no hay más que hablar.

Con un gesto rápido, José abrió la puerta de la calle y con un ademán invitó a madre e hijo a salir de la casa. Maite, desde detrás, se quedó mirándolo extrañada. José le guiñó el ojo sin que la pareja se diera cuenta.

—¡Déjenme hablar con mi madre, por favor! Es un momento.

»Mamá, te he traído aquí porque les pedí ayuda, y ellos aceptaron porque me vieron mal. No son malos. No hace falta que digamos nada a nadie. No quisiera que les hicieran daño. ¡Son mis amigos!

—Está bien, hijo. No te preocupes —dijo sin expresar emoción alguna—. Pero ahora tenemos que irnos, antes de que nos busquen. Habrá que inventar una excusa.

—Tengo miedo que te hagan tanto daño y un día no regreses, mamá.

—Jaime, ¿cuántas veces nos han dicho que la muerte es un paso fundamental para el paraíso que nos espera? —Su tono era firme, casi recitativo—. No tengáis miedo. Y así es. Nunca te pondría en peligro, hijo. Son nuestra familia y nos quieren.

Ahí estaba. Ahora lo entendían todo. Esa negación del problema y la total deshumanización de las personas evidenciaban que una secta había relegado a Ana a un calvario del que salir sería una tortura.

En el rellano de nuevo, José se puso de rodillas y mantuvo una pequeña charla con Jaime mientras su madre acababa de arreglarse en el baño. No quería que la vieran con mala cara.

—Jaime, esto va a ser muy complicado. Nos supera. ¿Lo entiendes? Vete con mucho cuidado, pero, hasta que tu madre no esté convencida, no volváis por aquí… No conseguiremos nada y os pondréis en peligro. Ahora, salid con tranquilidad y no hables de lo que ha pasado con nadie, ni con tu madre. Puede que empiece a poner en duda toda la tortura a la que ha sido sometida, tanto física como psíquica… ¿Estamos?

Ana salió arreglándose el cabello y dándose unas palmaditas en las mejillas.

—Disculpad a mi hijo. No volverá a pasar.

—No tenéis por qué disculparos. Todo está bien —respondió Maite.

—No vengan más por el mercadillo, por favor. No quisiera que la familia...

—Tranquila —la interrumpió José—. Nos quedan pocos días para irnos. Igualmente, hay otros mercados más arriba. Tened cuidado y, si precisáis cualquier cosa, aquí estaremos unos días más.

—Encantada de haberla conocido, Sara —dijo Maite, refiriéndose a ella por el nombre que le había dado.

—Yo también estoy contenta de haberlos conocido —suspiró Ana—. ¿Cómo te llamas? —preguntó amablemente.

—Me llamo Maite y somos de Barcelona —dijo en tono informativo.

Ana se sorprendió y se quedó mirándola. Un gesto de confusión asomó en su rostro...¿la conocía?

—Pues adiós. Espero que les vaya bien —respondió la rubia. Cogió a su hijo de la mano y le instó a irse, caminando por el pasillo que daba a las escaleras. Ana se dio la vuelta, mirando a Maite con cierto despiste. Una sombra de duda le asomaba en el rostro—. Maite, de Barcelona... —susurró bajando ahora sí la escalera lentamente.

«Maite de Barcelona», volvió a decir para sus adentros, desapareciendo escaleras abajo con Jaime de la mano. Sé escuchó cómo José cerraba la puerta detrás de ellos y Ana dio un respingo, como asustada, pero continuó hacia el portal de salida del edificio.

El matrimonio se encerró en casa.

—¿Te apetece una copa, Maite?

—Me apetecen dos, cariño —respondió con un suspiro.

El hombre sirvió un par de copas de vino tinto muy refinado, uno de esos que compraron para beberse en Barcelona, pero que no llegarían a salir de Portugal.

—¿Y ahora?

—Ahora solo queda esperar.

—¿Y si salimos del piso y vienen?

—Creo que por hoy tenemos suficiente.

—¿Estás cansado, José? Pidamos una *pizza* y nos quedamos aquí.

—No podría estar más de acuerdo, vida.

Se quedaron tirados en el sofá toda la tarde. La visita de Jaime y Ana les había dejado agotados anímicamente.

—Perdóname, José —mascullló Maite con algo de somnolencia por el alcohol.

—No tengo nada que perdonar, Maite. A veces, el pasado se presenta sin avisar. Tú no tienes la culpa de lo que pasó, ni tú ni el escritor ese que se hizo tan famoso. La única persona responsable fue la que secuestró a la pobre Ana y nadie más. Uno nunca sabe lo que puede pasar en esta vida tan atropellada por lo material. Dime… ¿tú sabes a cuántos psicópatas nos cruzamos a diario por la calle? Pues ni tú, ni yo, ni nadie, Maite. Los malos tienen la misma cara que la gente normal.

—Lo sé, vida.

Acabaron la botella y, con ella, todas sus energías. Entraron en un sueño profundo. Maite tuvo una pesadilla con caras que aparecían en ella: Ana de joven pidiendo socorro, José corriendo hacia un lado y otro, Jaume con otra mujer mirándolos desde otro lugar sin hacer nada.

Maite despertó de un sobresalto, miró hacia uno y otro lado. Todo estaba en orden. Cerró los ojos lentamente y, en un momento, se dio cuenta de que el trueno que la había despertado había sido un ronquido de José, que volvió a torpedear la base de su tímpano izquierdo. Salió de su lado con media sonrisa y despertó a su marido, que la miró con gesto tranquilo. Maite le regaló una sonrisa cariñosa, volvió a acurrucarse a su lado y, tapándose con la manta, quedaron dormidos con cierta atmósfera de falsa paz. Volvieron las pesadillas en un sueño intenso.

Llamaron al timbre del portón de la calle, pero no se enteraron. Eran las tres de la mañana y el matrimonio roncaba plácidamente. Volvieron a llamar al timbre. Maite abrió un ojo y lo cerró . «Un vecino pesado», estaba segura. Riiiiing.

Ahora no cesaba el timbre. Los dos se levantaron de golpe. José fue hacia el interfono. Sin preguntar, pulsó el botón que permitía abrir la puerta de la calle sin más. Maite fue directo hacia la puerta del piso, pero José la apremió con el dedo índice en los labios y la mano derecha pidiendo calma. Esperaron. No sabían quién llamaba a esas horas. Podían ser los vecinos de una noche de fiesta, un borracho picando en todos los timbres del vecindario, Ana y Jaime, o algo peor: sus secuestradores en busca de ellos. Los corazones de la pareja latían con fuerza.

Se podía oír un silencio aterrador. Maite echó un ojo por la mirilla cuando de repente se encontró con el de Ana. Con un chillido histérico, se escuchó:

—¡Abran, por favor!

Ahora picaban fuertemente con los nudillos a la puerta. José abrió sin pensar. Ana lloraba abrazada a su hijo, los dos temblaban.

—¡Ana, soy Ana! —gritó desconsolada.

—¡Gracias a Dios! —respondió Maite con satisfacción.

—¿Tú eres Maite?, ¿esa Maite...?

—Soy esa. Sí. Soy esa Maite.

Pasaron al salón y se sentaron en el sofá con unas tazas de té. Jaime se quedó dormido y lo llevaron a la habitación. Estaba exhausto, pero parecía tranquilo. ¡Su madre estaba a salvo!

«¿Cómo puede ser? Después de tantos años, Ana recobra la memoria. Mucha casualidad», pensó José. Era extraño, pero haber visto a Maite podría haber abierto una puerta cerrada. La iban a ayudar, de eso no cabía la menor duda, pero quería saber lo que había ocurrido, los motivos y por qué su amada esposa había estado sufriendo toda una vida. Necesitaba saber a quién se enfrentaban. Así se lo hizo saber a Ana. Tenían todas las horas del mundo, puesto que no se iban a mover de la casa hasta tener cada una de las piezas encajadas. O eso pensaba...

—Empieza, Ana, por favor. Intenta decirnos todo lo que recuerdes hasta llegar aquí.

Ana cogió con las dos manos la taza de té. Tenía la mirada perdida, intentaba concentrarse. Empezó:

—Mi vida cambió en cuanto obligué a mi querido Jaume a dejarme en mitad de un parque.

—¿Por qué quisiste separarte de Jaume?

—Espera —la cortó Ana—. Espera. Ten paciencia, todo ha saltado por los aires y ahora se ha abierto una luz de esperanza en mi memoria.

Maite asintió con la cabeza y le dijo:

—Perdona. Continúa.

Ese día fue el más largo y trágico de mi vida. No estaba en mis cabales. Bajé del coche a toda prisa en cuanto mi querido Jaume paró. —Al nombrar al escritor, tuvo que secarse las lágrimas que le mojaban el rostro de tal manera que era incapaz de ver nada. Esperó unos segundos para reanudar su historia; miraba de un lado al otro, como buscando en su mente recuerdos—. Las drogas no tuvieron nada que ver. Eso no fue lo que detonó mi rabia contenida, aunque no ayudaron, claro está. —Seguía pensando con el entrecejo fruncido—. En casa, antes de salir con mi novio, me había tomado una serie de ansiolíticos. Todo fue un desmadre de sucesos. No controlaba mi cuerpo y no quería que Jaume me viera de aquella manera. —Un brote psicótico en toda regla—. De eso estoy segura.

—Ahora, con la mirada en Maite, prosiguió—: ¿Sabes una cosa, querida? Yo no era tan buena como parecía y tampoco era la primera vez que tomaba drogas, puesto que mi enfermedad pedía drogarme para el resto de mi vida. —Esa declaración tranquilizó a Maite—. Mi vida nunca fue un camino de rosas, aunque, de cara a los amigos, a Jaume y a conocidos, aparentábamos ser una familia perfecta. Nada más lejos de la realidad. Pensar que ni mi propio novio conocía todo lo que sucedía en casa... Mis padres son buenas personas, demasiado quizás, pero yo vivía en una realidad oculta que nunca pudieron controlar. Los médicos me diagnosticaron esquizofrenia paranoide con riesgo suicida. Ellos quisieron internarme en un hospital psiquiátrico. Los antipsicóticos, cuando me daba una crisis mayor, no me hacían el efecto esperado.

—¿Jaume no sabía nada? —preguntó Maite.

—No. Mis padres quisieron decírselo, pero los amenacé con suicidarme si lo hacían. Pensad que el bueno de Jaume era lo mejor que me había pasado en mi corta vida llena de altibajos, de vivencias que nunca sucedieron, de paranoias, al fin y al cabo.

—¿Y Pol tampoco?

—Pol era mi mejor amigo, incluso antes de conocer a Jaume, pero estaba enamorado de mí. O eso creía. Una tarde quedamos en casa y le conté lo que me sucedía, mi enfermedad y el porqué de mis cambios de humor.

—No me digas que Pol sabía lo de tu enfermedad.

—Sí. Esa misma tarde me besó. Yo no estaba muy bien. Las pastillas, como te digo, cada vez me hacían menos efecto. Necesitaba cariño y no hice nada para retenerlo. Cogió unas cervezas de la nevera y me las trajo. Bebimos y pasó. Nos acostamos. Si os soy sincera, no sé cómo pudo ocurrir.

—¡Qué cabrón! —gritó José.

—Tampoco quiero que culpéis a Pol de todo. Como os iba diciendo, yo tampoco me negué. Bebimos y eso era totalmente contraproducente con la medicación.

»En esos momentos dejé de controlar mi cuerpo. Me puse a hacer fotografías y Pol también. Iba algo tocado. Pensaba que no había carrete en la cámara. Craso error. Lo había. Y, estúpida de mí, lo fui a revelar al día siguiente en uno de esos momentos que me daban. Después de aquella tarde, todo empeoró. Me sentía culpable. Quería decírselo a Jaume, pero no podía. Me tenía en un pedestal... pero sentía que no me conocía, al fin y al cabo. ¡Yo lo quería, os lo juro! —lloró Ana—. Y lo sigo queriendo. Pero lo que le hice no tenía perdón alguno, o al menos eso pensaba. ¡Qué tonta fui! —dijo compungida, con la mirada perdida en el suelo, las piernas temblorosas y las manos entrelazadas.

»La noche que quedamos con Pol y contigo fue un error. Nunca debimos salir. Estaba muy mal.

Jaume vino a buscarme e hicimos el amor esa misma tarde. Necesitaba redimir mis pecados. Quería estar con él y solo él. Pol se acababa de ir. Nunca supe cómo hizo para no cruzarse con Jaume. Estaba nerviosa. Le había enseñado las fotografías y Pol se enfadó mucho. No sé en qué narices estaba pensando.

»Cuando escuchamos el interfono, salió corriendo de casa. Mis padres no estaban, se habían ido de fin de semana y en mi habitación tenía las fotos esparramadas por el suelo. Me metí en la ducha. Si hubiese entrado a la habitación, todo habría cambiado.

»Jaume tenía ganas de celebrar su final de carrera. No fui capaz de negarme. Le dije que se fuera, tenía unos recados que hacer —mentí—. Quedamos en que me pasara a buscar más tarde. Cuando me quedé sola empezó mi declive. Un ataque de ansiedad en toda regla invadía mi cuerpo. Tomé ansiolíticos. Dormí la tarde entera. Bebí alcohol sola en casa. Fue a buscarme Jaume. Puf. Al fin y al cabo un cúmulo de sin sentidos en mitad de un ataque de locura. Estaba totalmente ida.

»Cuando llegó, estuvo a punto de descubrir las fotografías, mi diario... En fin, logré que no viera nada y salimos. Media hora después conocí a Maite. Cuatro jóvenes de fiesta. Nada que observar al respecto. Todo se complicó en cuanto salí del coche de Jaume.

—¿Pero él te dejó sola? —preguntó extrañado José.

—No. No me dejó. Él fue detrás de mí, pero lo obligué a que me dejara en paz. Jaume me pedía de rodillas que fuera con él, que me perdonaba. Le pegué. Como oyes, le di puñetazos en el brazo y lo insulté. Estaba totalmente fuera de mí. Tenía una crisis y os juro que no era yo. Es muy duro cuando te das cuenta de lo que has hecho y no puedes hacer nada para remediarlo. El daño ya no tenía vuelta atrás. Me fui con el hombre que empujó a Jaume y toda mi vida se puso patas arriba.

BARCELONA, 24 DE OCTUBRE DE 2023

El día después de la ceremonia

Esa noche Jaume no pegó ojo. Todo lo que ocurrió antes y después de la entrega del galardón fue demasiado duro para el escritor, que se preguntaba una y otra vez: «¿La nota y la llamada de Maite? ¿Los padres de Ana en el mismo museo? ¿Qué sucede con Pol?». Parecía que no conocía a su amigo.

Después de tomarse un café con la familia, decidió salir. Las chicas se quedaron en el hotel y luego irían a pasear para comprar algunos trapitos. Les encantaba hacerlo, era como un *hobby* para ellas.

Llamar a Maite, eso era lo primero que quería hacer. Hablar con ella a solas, con la excusa de intentar persuadir a Pol de una decisión tomada en caliente y algunas reuniones de trabajo en la ciudad.

Salió a la calle no sin antes telefonear a Dani, el chofer. Estaba preparado para llevarlo a donde su escritor preferido le mandara. Había desayunado en el bar de la esquina, justo a una manzana del gran hotel Ritz, en la misma Gran Vía.

—Hola, Maite. Salgo ahora del hotel. Si no te molesta, voy para tu casa. ¿Dónde vives? —preguntó ansioso Jaume.

—Vivo en la calle Valencia, entre *Passeig* de Gràcia y Pau Claris. Un chico que viene todos los días a ayudarme te esperará en esa esquina. Hay un *parking* justo enfrente.

—En una hora estoy. Gracias.

Jaume necesitaba pensar bien las cosas, meditar sobre lo ocurrido e intentar coordinar todo lo que estaba en su mente antes de ir a hablar con esa mujer. La había visto una sola vez y durante una noche hacía cuarenta años. No quería hacerse ilusiones. Tenía que poner las cosas en perspectiva, eso era justo lo que debía hacer. Después hablaría con Pol. Todo se salió de madre y seguramente los dos dijeron cosas que no debían. Cogió el móvil del bolsillo y llamó.

—Hola, Pol. ¿Cómo te encuentras hoy?

—Bien. ¿Y vosotros? Tus mujeres bien, supongo.

—Sí, gracias. Creo que tenemos que hablar. Lo de ayer...

—Estoy de acuerdo. —Pol no le dejó acabar la frase—. ¿Dónde te encuentras? Acabo de desayunar.

—Salgo del hotel, pero ahora no podemos vernos. He quedado con alguien. Después te llamo.

—¿Con quién, Jaume? —preguntó apresuradamente.

—Nada. No te preocupes. No lo conoces. Luego nos vemos.

—Bien. Espero tu llamada.

—*Ok*. —Colgó sin decir más.

Pol se quedó atónito. Le chirriaba la manera de hablar de su amigo. ¿Con quién habría quedado? Muy raro todo. Él conocía a cualquier persona cercana a Jaume... tendría que tener paciencia. En un momento pensó en Maite. Esperaba intranquilo que no hubiese quedado con esa puta. Podía rebelarle lo suyo con Ana. Se puso muy nervioso. No podía hacer nada al respecto. Solo le quedaba esperar.

En la puerta del hotel...

—Buenos días, Daniel. Toma un ejemplar de mi última novela.

—¡Gracias, señor Sonyer!

—Ya te he dicho que no me llames señor.

—De acuerdo Jaume.

El conductor sonrió con cara de sorpresa al ver esa novela. En realidad, él ya la había comprado y la estaba leyendo, pero esta tenía otra portada y quizás era una edición para sus amigos. Estaba emocionado.

—Nos vamos para la calle Valencia con Pau Claris.

—*Ok*, Jaume —dijo animado.

—Está bien. Pero, antes de nada, me gustaría comentarle algo que quizás no tenga importancia. Como me dijo que le dijera cualquier cosa que viera...

—Dispara, Dani.

—Espero no importunarle.

—¡Dispara, hombre! —Le tocó el hombro—. No te preocupes. Yo decido lo que es o no es importante.

—Es sobre su amigo Pol. —Jaume se quedó en silencio.

—¿Qué pasa con Pol?

—Quizás sea una tontería, pero cuando lo traje del aeropuerto… temblaba como un pollo. Me di cuenta porque tenía una de sus rodillas apoyada detrás de mi asiento y se movía muy rápido. Luego sudaba. Tuvo que abrir la ventana. Hacía frío, por eso me extrañó.

—Gracias, Daniel. Así me gusta. Me comentas cualquier cosa que veas fuera de lo común cuando estemos solos, aunque para ti no tenga demasiada importancia.

—Claro, Jaume, y muchísimas gracias por la novela.

—La tenías ya, ¿verdad?

—¡Sí! Pero esta es especial. Me la ha firmado y regalado usted. ¡Perdón, tú!

Los dos se pusieron a reír. Al escritor le recordaba al Pol de joven, el entusiasmo que tenía cuando veía una novela suya. Le caía muy bien ese Daniel de acento andaluz.

Llegaron a destino. Daniel puso las luces de emergencia para apercibir a quien estuviera esperando. Y así fue. Un chico de unos veinte y pico de años les avisaba levantando los brazos…

—Hola, buenos días. Soy Kike.

—Buenos días, Kike —contestó al bajar del coche.

—La señora Maite le está esperando en la sala de estar.

—Perfecto, le sigo.

—Verá, señor. Desde que habló con usted, está algo nerviosa.

—No me diga.

—Sí, señor.

—¿Qué le ocurre? ¿No puede andar?

—No. Está impedida. Es una historia muy larga, pero ahora sígame. Si la señora quiere, se la contará. Yo no sé demasiado sobre el tema —el chico sonrió—, solo sé que es una buena mujer. Yo la cuido y ella hace lo mismo conmigo.

—Perfecto, te sigo —dijo con determinación Jaume—. Dani, tú espera mi llamada. Creo que tardaré. Si tienes algo que hacer, hazlo.

—Bien —contestó feliz.

Llegaron al portal y el hombre abrió con sus propias llaves. Apretó el botón del piso.

—Soy yo —masculló, subiendo el tono. Suponía que de esa manera avisaba a Maite que habían llegado. En ese momento tuvo un *déjà vu*: él hacía lo mismo cuando llegaba al portal de Ana.

«Puf —pensó—. ¡Empezamos bien!».

Entraron en el piso. Kike dejó pasar primero al escritor.

—¡Estamos aquí, Maite! —la tuteó el chico sonriente al abrir la puerta del piso. Le gustaba la gente que se dejaba tutear.

—Hola, Maite. ¿Cómo va la vida? —preguntó Jaume al verla en esa silla de ruedas.

—Si te soy sincera, escritor... no estoy para muchas sambas —sonrió irónicamente—. Siéntate aquí a mi lado. ¿Quieres un café?

—Sí, gracias.

Kike fue a la cocina a prepararlo.

—Ya veo que al final te convertiste en un escritor de éxito —añadió Maite después de acomodar a su invitado en tono cansado y regalándole una sonrisa.

—Pues sí. Parece que a alguien le apetece leer mis historias —contestó con sarcasmo. Los dos volvieron a sonreír.

—Acomódate, porque tengo mucho que contarte, Jaume.

—Estoy impaciente —le dijo con absoluto convencimiento.

—Primero… me gustaría que contestaras a una pregunta.

—Dime, Maite.

—Hará unos treinta años, te envié una carta, más bien un sobre grueso, a tu casa en París. Supongo, por lo que puedo deducir, que no te llegó. ¿No lo abriste?

—Nunca lo abrí, Maite —contestó desolado Jaume.

—Bien. Lo suponía. Ahora escúchame con atención lo que te voy a contar.

»Hace cosa de unos treinta años, viajamos a Oporto mi esposo y yo. —Jaume la miró con cara de circunstancias—. Tranquilo. Está vivo. —Sonrió—. Nos separamos hace ya algunos años. Ahora nos vamos viendo de vez en cuando. Pues bien, volamos a Oporto en julio de 1995. Ahí cambió nuestra vida. A todos se nos quedó en la retina la desaparición de Ana. Mi marido José también había escuchado hablar sobre el tema. Fue famoso en la época. Los diarios y algunos medios se hicieron eco de ello.

»Si… ahí estábamos José y yo, una pareja de enamorados, en esa bella ciudad portuguesa, Oporto. —Se quedó pensativa Maite—. ¡Bueno! —despertó de sus pensamientos—, estábamos felices, pero antes ya en el avión algo me decía que ese viaje no iba a ser normal. Y así fue, el primer día ya me dejó con la mosca detrás de la oreja. Paseábamos de buena mañana por uno de los mercadillos que ponen sus tenderetes al lado del río. Un espectáculo de colores y gente, no te imaginas. Cuando una silueta de mujer me dejó pasmada. Pero en esa ocasión no le quise dar importancia.

—¿Dónde quieres ir a parar, Maite? —preguntó impaciente Jaume.

—Ahora voy a ello. Cinco días después volví a ver a esa mujer. Andaba mirando una de las paradas de ropa con un niño.

Jaume la miraba con desesperación.

—¡Dime, por favor, cuando te refieres a esa mujer..!

—¡Era ella, Jaume! —Maite miró a los ojos al escritor.

—¿Estás hablando de Ana? —preguntó con lágrimas en los ojos.

—Era Ana, Jaume.

—¿No me estarás mintiendo, verdad, Maite?

—Hubieses sabido esto que te cuento si me hubieras llamado cuando te mandé el sobre. Lo hice con un número de teléfono, ¿sabes?

—No lo sabía, Maite. Lo siento. Pero... tú la viste una sola vez. ¿Cómo podías estar segura de que era ella?

—Jaume, la cara y los ojos de Ana no pasan desapercibidos. Esa mirada clara y azul no la tiene nadie. Y aparte había una cosa irrefutable: una mancha debajo del mentón en forma de círculo. ¿Te suena?

—¡Dios mío, era ella! —gritó con la cara desencajada—. ¿Y cómo no avisaste a la policía? ¿Cómo no llamaste a sus padres? ¡¿Qué coño hiciste, Maite?!

—Ayudarla a escapar, Jaume. Ayudarla a escapar del infierno —reiteró, mirando al escritor fijamente a los ojos.

OPORTO, 20 DE JULIO DE 1995

—Vamos a sacaros de aquí. No sabemos cuándo, pero lo haremos. Dinos. ¿Quién te sacó de Barcelona y por qué?

En ese momento José miró a su esposa y ella asintió con la cabeza. Estaba totalmente de acuerdo con la pregunta qué le había formulado su marido. Ana se sentía morir. Estaba cansada y no sabía cómo empezar.

—Relájate, Ana. Intenta no estresarte.

—Bien. Gracias.

Tomó un sorbo del té y empezó a hablar con tristeza. Suspiros de emoción se percibían en su rostro, respirando de manera entrecortada. Empezó a hablar con más determinación después de tomarse una pastilla pequeña que llevaba en un bolso que le cruzaba el pecho.

Al cabo de un buen rato de explicaciones, a Ana se le notaba exhausta. Tanto José como Maite estaban alucinados. ¿Cómo habían sobrevivido los dos en esa casa infernal? Necesitaban descansar y, con un gesto de preocupación, José le preguntó a su mujer:

—¿Qué hacemos entonces?

—Son las cuatro de la mañana. ¿A qué hora se levanta esa gente, Ana?

—A las seis y media, más o menos.

—¡Tenemos que salir de aquí echando hostias!

—Sí, claro. —Maite se levantó con determinación—. Ve a por el coche, José. Yo recojo las maletas y salimos al portal.

—¿Nos vamos? —preguntó Ana excitada.

—¿Quieres salir de este infierno?

—Sí, claro.

—Pues espabila. Ya dormiréis en el auto.

José salió despavorido en busca del coche. Utilizarían el auto alquilado. No les quedaba otro remedio, luego lo devolverían. Un Seat Ibiza blanco en muy buen estado que se encontraba aparcado en un garaje subterráneo, a diez minutos a pie del apartamento. Maite tenía claro a donde se dirigían.

Una vez fuera de Oporto, creía que estarían tranquilos, puesto que no habría denuncia alguna. Ana y Jaime no existían. Es más, las barbaridades que se hacían en la gran casa, enmudecidas por algunos agentes de la ley para su propio gozo y disfrute, no saldrían a la luz. No interesaba a nadie, menos aún a los implicados en esa especie de bacanal donde personas importantes de la ciudad y agentes de la ley hacían verdaderos desastres con las pobres pacientes del lugar. El cuerpo de policía saldría salpicado, un escándalo en toda regla, pensaba José antes de salir.

Se pusieron de camino a su tierra natal, su pueblo. Solo regresó un par de veces junto con José, pero Maite nunca dejó el contacto con su hermano Antonio. Viajarían tranquilos y con mucha cautela. Si los paraban en cualquier control, sería un problema para ellos y para los chicos. No llevaban ningún documento de identidad. Cinco horas les separaban del pueblo. Cruzarían el país, después deberían ir con mucho ojo. Pasaron casi cuatro horas y ya salían de Portugal. Se veían las luces de los controles de la Guardia Civil en carretera, habían aumentado los efectivos después de la bomba que ETA había hecho estallar en abril al paso del presidente español José María Aznar.

Maite, con el espíritu de supervivencia que se suele dar a quien ha tenido una vida difícil, había vaciado la nevera entera. No quedó nada. Había puesto en una bolsa de plástico jamón, pastas, algún postre, pan y leche. No pasarían hambre, al menos desayunarían bien. No tenían claro que no tuvieran que parar durante unas horas en algún sitio, detrás de alguna gasolinera o en algún costado de una carretera general. No sabían cómo saldrían del atolladero si los llegaban a parar.

Llegaban a Gévora, un pueblo casi en la frontera de Portugal, y justo en una gran rotonda los coches estaban parados. No se lo podían creer. La Guardia Civil, con dos autos grandes cruzados en la carretera y esas luces en la mano, iba parando los coches, mirando en el interior.

—Jaime, siéntate bien. Y tú, Ana, cuéntale cosas. ¡Distraeros! No los miréis. ¡Normalidad! Somos una familia que vuelve de vacaciones. ¿Estamos? Miraros y, en cuanto pasemos por el control, reíd, reíros como si de un juego se tratara.

Ana se espabiló de golpe, asintiendo con la cabeza. Jaime enderezó el cuerpo, sacó unos cordones que llevaba en el bolsillo —serían de unos zapatos viejos— y, colocándoselos en la mano, se puso a jugar con su madre. El pequeño Jaime lo había entendido a la perfección, cosa un tanto extraña en un niño de doce años.

Estaban llegando al control. Veían cómo los guardias metían la cabeza dentro de los coches. Algunos los paraban a un lado y les hacían abrir el capó. El que iba delante los hizo seguir con un gesto rápido. Llegaron ellos. El guardia se quedó mirándolos. Vio la matrícula y les hizo parar a un lado. A José se le helo la sangre. Ana miró a Jaime y siguieron jugando; parecía estar tranquila, pero hervía por dentro. Maite se lo tomó con filosofía. Era una mujer con un pasado lleno de inquietudes, de daños irremediables. Este no iba a ser peor que los demás, pero sí le inquietaba. Quería ayudar a esa mujer, como el viejo lo había hecho con ella después de la carnicería que su hijo fabricó con sus amiguetes.

Pararon pegados a la rotonda y el poli les pidió los papeles. José le sacó su documento y, antes de que el guardia dijera nada, Maite se adelantó a dar el suyo pasando el brazo pegado a su marido.

—Buenos días, agente. La que tienen liada aquí.

El guardia se quedó mirándola fijamente. Miró a Jaime y a Ana, que seguían jugando con la cuerdecita, pasándosela con las manos uno a otro. Volvió con gesto serio a mirar a Maite y a José. Observó los documentos y con voz seria y seca pidió:

—Necesito los papeles de la mujer que va detrás y del niño.

—Disculpe, agente. Se nos olvidaron en el apartamento. Es un viaje de ida y vuelta. Vamos a visitar al hermano de mi mujer.

—¡Bajen del coche! —ordenó el guardia civil con tono duro.

A Maite se le cayó el alma al suelo. Ana salió del coche y miró de frente al guardia, sorprendentemente, lanzó un misil Tomahawk en el epicentro del poli:

—A usted lo conozco, ¿verdad? —El hombre se sacó la gorra y se fijó en Ana, ahora con más atención. Tragó saliva al ver a la rubia que tantas veces había violado—. Sacare ahora mismo del coche a mi hijo, pero quiero hacer una denuncia por agresión sexual.

Al policía se le erizó el vello: «¡Es la mujer del gran caserón! ¡Mierda!». Con un gesto rapidísimo, alzó los brazos y, con un ademán, gritó desde fuera del coche:

—¡Pasen, pasen! No hace falta. Que tengan buen día. —Ana se metió de nuevo en el auto. —Y desaparecieron por la Nacional.

Maite echó hacia atrás la cabeza y se quedó mirándola con cara de triunfo. Aunque el trasfondo era dramático, Ana la observó con una especie de complicidad. Esa escena entre las dos le recordó a otras vividas décadas antes. Le puso la mano por encima del asiento y Maite, con cariño, la acarició con la suya. Había mucho sufrimiento en aquel gesto, pero eran dos supervivientes, no cabía la menor duda. Jaime vio la escena y con sorna soltó:

—¡Ese poli es tonto! No tiene ni idea. —Se puso a reír. Los tres asintieron y la risa se hizo extensa. José lo miró por el retrovisor interior y vio con suma alegría cómo el niño quería aguantar la risa y no pudo más que decirle—: ¡Ríe, por Dios! ¡Ríe, muchacho!

Y así fue. Los cuatro se pusieron a reír aireando así los miedos, carcajadas y maldiciones para ese poli que no se enteraba absolutamente de nada. Eso pensaba el bueno de Jaime.

El camino se hizo más plácido. Quedaban pocos kilómetros para llegar a destino. No podían distraerse, puesto que la entrada a los pueblos podía ser complicada. Algunos controles de policía se escondían en poblaciones pequeñas, en algunas calles y esquinas en casas rurales fuera de los núcleos urbanos.

Ana miraba a su hijo como el que ve a un ángel. Sin él no hubiera aguantado todo lo que pasó. Estaba orgullosa de su pequeño. No sabía cómo iba a ir su vida, pero estaba del todo segura de que no iba a dejar que nadie la volviera a maltratar. Ni a ella ni a su pequeño.

Maite y José habían sido sus salvadores, los habían sacado de esa casa de torturas y ahí andaban camino a no sabía dónde. Haría todo lo posible para proteger a su pequeño e intentar vivir una vida lo más normal posible.

El tema de su enfermedad le preocupaba. No sabía la evolución de esta ni cómo podría seguir afectando a todo aquel que le rodeaba. No estaba en sus manos los cambios de humor y personalidad. No siempre la atacaban ni tampoco la espiaban para matarla a ella y a su niño. Eran ataques psicóticos, y los sabia. Pensaba en esos momentos de bienestar, pero tampoco lo que le duraría esa actitud. Tenía que hablar con las personas que se hicieran cargo de ellos; si no, estaba perdida. Descubrirían que estaba loca y la echarían de donde fuera que la llevaran. Pero en esos momentos estaba feliz. Hacía años que no tenía esa sensación. Debía disfrutar ese momento de triunfo. Con su hijo al lado y nadie que le gritara ni la maltratara... «¿Libre?». Ya lo vería con el tiempo. Se quedó distraída con sus pensamientos, dándole un toque en el hombro a Maite para que la mirara.

—Gracias, amiga —le susurró.

—Gracias a ti. —La mirada fue intensa, no podía ser más real. Parecía que lo estaban esperando desde hacía tantos años—. Tenía que avisar a sus padres, eso sí lo tenía meridianamente claro. Cuando se instalaran, llamaría de la manera que solo ellos sabían.

Al llegar al pueblo, cogieron una circular que les llevaba directamente a la finca. Una cantidad de sentimientos encontrados se apoderó de Maite. Su niñez y parte de su adolescencia recorrían ese momento por los campos de esa bella tierra.

Jaime, pegado a la ventana del coche como una ventosa, hablaba solo. Señalaba algunos de los tractores que veía removiendo la tierra. Tenía doce años, pero su historia lo convirtió en un chico mucho más adulto. Miraba todo y de vez en cuando echaba un vistazo a su madre, que en esos momentos se había quedado dormida con el cuello hacia delante y los brazos entrelazados.

—Mamá, no tienes que sufrir más. Estamos a salvo. Te juro que no dejaré que nadie vuelva a hacerte daño —rezó con un hilo de voz el pequeño Jaime. Secaba con el antebrazo las agüillas que le salían por la nariz. El llanto a flor de piel se reflejaba en su cara, pero era casi un hombre y no podía mostrar a su madre ni un ápice de debilidad—. Si podemos quedarnos aquí, te juro que nunca me iré. Me quedaré contigo y nadie nunca sabrá dónde nos encontramos.

Se acurrucó a su mamá, como el que busca refugio. Ana abrió uno de los ojos y, sin decir nada, sonrió orgullosa. «Lo sé, cariño. Eres mi hombre. El que siempre me cuidó», pensó y volvió a cerrar los ojos.

Entraron en un camino de tierra y el coche se meneó dando un pequeño bote. Se despertaron los dos. Tanto uno como el otro quedaron adormilados. Eran las cuatro de la tarde y el hambre sonaba en las tripas de Jaime. El sol apretaba de lo lindo fuera del auto. Maite pasó la mano hacia el volante y, sin más, golpeó tres veces el claxon. José se rio.

En ese momento se abrió la puerta de la casa. Un hombre fornido y alto salió de ella poniéndose la mano encima de la cara a modo de visera. Iba con los pantalones de trabajo, unas botas largas y una camisa a cuadros. Maite salió del coche corriendo y se lanzó a los brazos de su hermano.

—¡Maite! —soltó este contento.

—¡Antonio! —contestó feliz.

No se habían vuelto a ver desde la muerte de sus padres. Luego ella volvió a Barcelona. Nunca perdieron el contacto: cartas, llamadas y un giro de correos que Maite mandaba a su hermano para que paliara ciertos gastos. El rendimiento económico de la finca había bajado exponencialmente y no podía contratar a nadie, no llegaba para todo. Así que Maite, cada mes y de manera religiosa, le mandaba dinero para pagar el tractor nuevo que le facilitaba el trabajo a su hermano Antonio. Se querían mucho, era su hermano, el que se quedó en la finca. Los padres murieron relativamente jóvenes, de una pasa de gripe que hizo mella en los cuerpos cansados y maltratados por el duro trabajo. Un virus acabó con ellos en pocos meses y se quedó solo, con un campo que cosechar y más gastos que ganancias.

—Pero ¿qué haces aquí? —preguntó Antonio, emocionado.

—¿Es que no quieres que venga a visitarte tu hermana?

—Pues claro... no seas tonta —le soltó abrazándola de nuevo con una sonrisa de oreja a oreja.

—Ven, Antonio. Te quiero presentar a unos amigos. Son Ana y Jaime, su hijo.

A José le dio la mano cariñosamente, ya se conocían del entierro de sus padres y habían hablado de vez en cuando por teléfono.

—Hola. Soy Antonio.

Le dio la mano al pequeño y dos besos a Ana. Quedó algo sorprendido por lo bonita que era. Y ese gesto no pasó desapercibido. Maite sonrió: era justo lo que deseaba. Si Ana le agradaba a Antonio, podían hacerse compañía y, de paso, quedarían al resguardo de una casa y de su hermano, que era un buen hombre y fuerte como una roca.

—Pero entrad, por favor —invitó Antonio, abriendo la puerta a sus invitados—. Ahora os preparo un agua con limonada. ¿Te gusta? —le preguntó al pequeño Jaime.

—¡Me encanta, es mi refresco preferido!

Todos sonrieron. Y es que esa contestación no solo se refería al refresco. El niño miraba la casa, que, aunque casi no tenía muebles, sí contaba con la calidez de un hogar, algo que él nunca había tenido. Siempre había estado metido en una habitación tipo zulo, que solo utilizaba para dormir.

Antonio se dirigió a la cocina en busca de limón. Detrás fue su hermana.

—¿Tienes hielo en alguna parte? —preguntó ella.

—Está donde siempre, capulla.

—*Ok*, capullo.

Los dos rieron. Maite se quedó mirando a su hermano con cara traviesa y le soltó de golpe:

—Es bonita, ¿eh?

—¿De qué hablas?

—¿De quién va a ser? Mírala. Es una buena mujer y necesita dónde estar.

Antonio se quedó mirándola.

—Pero ¿qué pretendes, Maite? ¿Estás loca?

Maite lo empujó con la cadera y, sonriendo, preguntó:

—¿Ah, que no te gusta?

—¡Pero serás pendón!

—Bueno. ¿Te gusta o no?

Antonio dejó el cuchillo con el que estaba cortando los limones, se quedó mirándola y también echó un vistazo a Ana, que andaba jugando con Jaime.

—Es hermosa esa mujer. Sí, claro, ¿a qué hombre no le podría gustar? Pero...

—No hay más que hablar. Luego te cuento.

—*Ok* —suspiró Antonio, diciendo que no podía ser con la cabeza. Con una sonrisa tonta en los labios, y dando un repaso disimulado a aquella hermosa mujer, a la que el tiempo y la vida con toda seguridad trato mal.--Bueno, pensó subiendo de súbito los hombros resignado, mientras acababa de cortar limones.

BARCELONA, 24 DE OCTUBRE DE 2023

Eran las doce del mediodía, Maite y Jaume se miraban con mucho afecto. Parecía que se conocían de toda la vida. A veces solo hacen falta unas horas para que una persona forme parte de la vida de otra. Cuánto que ver y tan poco a la vez. Una secuencia de hechos, un ir y venir de situaciones poco racionales. «¡Puf! Qué cosas tiene esta vida loca», pensó Jaume mirándose a la señora que cuarenta años atrás había compartido cena con él y sus amigos.

El escritor quedó sorprendido de lo que Maite le había contado. Intentó tranquilizarse y, bebiendo un sorbo de té, comentó echando el cuerpo hacia delante:

—Dime, por favor: ¿Ana está viva?

Maite se quedó mirando al escritor. Quería responder de manera sosegada. Era algo fuerte, una respuesta que podía cambiar la vida de Jaume, de su hermano, de Ana y de su hijo Jaime. Dio un sorbo a la infusión, miró de nuevo al escritor y con voz afable dijo:

—Sí, Jaume, está viva.

A Jaume se le pusieron los pelos de punta. La taza que tenía agarrada en la mano derecha estuvo a punto de caer. Miraba a esa mujer con los ojos como platos.

—¡Dios mío! ¿Y dónde está? ¡Dímelo, te lo ruego!

Maite se echó hacia atrás en el sillón. Pensativa y con temple, se quedó mirando al escritor que la observaba con ansiedad.

—Antes de que te diga dónde está, te voy a contar una historia que desconoces, Jaume.

—¡Pero...!

—Pero nada. Tranquilízate. Lo que te voy a explicar es lo que en realidad pasó la noche del veintiocho de junio de 1982. ¿Estamos? No hace falta que digas nada. Déjame que hable. Al final, puede que llegues a entender el porqué de todo.

—De acuerdo. —Jaume se quedó con la mirada perdida, intentando comprender lo que estaba pasando—. Dime, Maite. Soy todo oídos.

—Bien. Todo empezó esa noche tan famosa, cuando a ti se te ocurrió la magnífica idea de dejar a tu chica sola con un desconocido.

—¡No fue así!

—Fue así, pero tranquilo, que Ana nunca te ha recriminado nada.

—¿Hablas con ella? —Jaume se levantó de golpe.

—¡Siéntate o ahora mismo dejo de hablar!

—De acuerdo.

—Primero, deberías saber ciertas cosas de Ana que se te escapan.

—Estoy impaciente por saberlas.

—Para eso, he invitado a esta charla a unos amigos en común que, por cierto, deben de estar por llegar.

—¿Qué amigos tenemos en común, Maite?

—Los padres de Ana, que tienen mucho que contarte.

Jaume estaba entrando en una especie de ansiedad que no le beneficiaba nada.

—¿Qué es lo que pasó con Ana? Necesito saberlo ya.

—Y lo sabrás. Pero ahora relájate. Acaban de llamar al timbre del portal. Tienen que ser ellos.

Jaume se volvió a levantar. Necesitaba ir al baño. Estaba sudando y el pecho empezaba a hacer de las suyas. Le apretaba la camisa y los ojos le empezaban a hacer chiribitas.

—Por favor, ¿dónde tienes el aseo? —preguntó torpemente, ahora ya mareado.

—¡Kike! Acompaña al señor al servicio. Parece que no se encuentra bien.

El chico obedeció y con un ademán dirigió a Jaume al baño. No llegó a él. De pronto y tras un estruendo, cayó desmayado. Cuando Kike intentó sujetarlo, ya era tarde. Pero evitó que se diera con la cabeza en el suelo.

En la otra punta de la ciudad, Pol llamaba a Jaume. Necesitaba hablar urgente con él. Estaba al borde de un ataque de nervios... Volvió a marcar el móvil de su amigo. Nada. No halló respuesta. Se le ocurrió la brillante idea de llamar a la compañía de autos que llevó a los galardonados a sus respectivos hoteles. No se lo dieron.

—¡¿Pero qué coño les pasa?! —renegó con tono agresivo.

Volvió a llamar.

—Por favor, no me cuelgue. ¡Es urgente! Necesito saber el teléfono de un tal Dani, que es un chófer de la compañía.

—Imposible, señor —contestó de nuevo la misma telefonista y colgó el móvil sin decir más.

Pol fue directo al hotel Ritz. Pensó en hablar con María, aunque sabía de buen grado que no era una buena idea, puesto que nunca hablaba de cosas importantes con ella. Tampoco estaba en el hotel. «¡Caramba con la familia Sonyer!», pensó alzando los brazos en modo de queja histérica.

Sonó el móvil. Lo miró. No conocía el número y lo dejó sonar. De nuevo los timbres del puñetero teléfono surgían del bolsillo izquierdo de la americana. Se puso de muy mala gana.

—Soy Pol —contestó secamente, como era costumbre en los últimos años.

—Hola, Pol. ¿Cómo te va?

—Bien. Dígame con quién hablo.

—Soy Pep.

—¿Pep? ¿Quién coño es Pep? —preguntó despectivamente.

—El padre de Ana. ¿No me recuerdas? Ayer nos vimos.

—Claro que te recuerdo. No tengo Alzheimer. ¿Qué necesitas, Pep?

—Nosotros estamos bien, por si te interesa. —Esta vez el viejo contestó irónicamente.

—Perdona, tengo muchas cosas en la cabeza. Me alegro de que estéis bien.

—Sabemos que te alegras y que tienes muchas dudas ahora en la cabeza.

—¿Cómo?, ¿qué sabes de mis dudas?

—Te voy a decir una cosa que no sabes, Pol. Y espero que pienses en lo que te digo. Tu amigo Jaume en un rato va a saber muchas cosas de ti que ignoraba.

—¡¿Pero qué coño?! ¿De qué hablas, Pep?

—Vamos a contarle, por ejemplo, que tú, cerdo, abusaste de Ana en pleno brote psicótico. ¡Cabrón! Y que la amenazabas con contarle a Jaume lo que había pasado.

—Eso no es del todo así, Pep. Pero, por favor, decidme dónde estáis. Quiero que sepa mi verdad.

—¡Tu verdad! Lo has dicho bien. La tuya. Mira, maldito, Maite nos ha dado tu teléfono. Quería que te llamáramos para que supieras lo que es sufrir y no poder hacer nada para evitarlo.

—¡No me haga esto, señor José!

—Ahora soy alguien a quien tratas de usted, ¿verdad? Pues adiós, don Pol. —Colgó y apagó el dispositivo móvil.

Quedó solo en mitad de la acera, delante mismo de las puertas del gran hotel, con la vista fija en ninguna parte y los brazos en jarra. Para Pol era sumamente fácil resolver situaciones complicadas, pero en esta ocasión estaba fuera de control. Había subestimado a su amigo, diciéndole que lo dejaba todo y se quedaba en Barcelona, pero en realidad no era lo que tenía pensado, ni mucho menos. Esperaba la reacción de su amigo, pidiéndole que no lo hiciera. Se había equivocado. Le salió mal el farol.

«Tampoco he sido tan malo con Ana —se repitió, intentando convencerse—. Fue una decisión de los dos. Quizás no debería haber inducido a mi amiga a ese trago que la desfogó». Se arrepentía en esos momentos. Es más, cuando se enterara de lo suyo con Ana, tiraría del hilo y saldrían más cosas que el escritor desconocía. Tenía que entender que lo había hecho todo por él. Dejó su vida en Barcelona para hacer grande a Jaume, quiso ayudarlo a triunfar.

Seguía cavilando la manera de explicarse, si de verdad llegara a enterarse de la mitad de las cosas que había hecho...

Andaba sin destino Gran Vía arriba, mirando hacia el suelo e intentando escudriñar, dentro de sus posibilidades, la manera de arreglar ese entuerto en el que él solito se había metido. Pero hacía mucho tiempo de todo eso. «¡No puede ser!». Ahora apretaba los puños, llevaba la corbata deshecha y los ojos rojos de rabia. «¿Por qué tenían que darle el puto premio? ¿Por qué tuvimos que volver a Barcelona? ¡La puta Maite, esa es la culpable de todo!

Jaume no se podía enterar de nada. Tenía que dejar de lamerse las heridas. Se irguió y, con gran aplomo, volvió sobre sus propios pasos. Iba a llamar a María y de ahí iría investigando. «¡¿Dónde coño se ha metido Jaume?!». Tenía que defender su honor y convencerle de lo que en realidad le convenía. Estaba solo en ello. No era la primera vez. Siempre había estado así, él contra el mundo. Nunca necesitó a nadie y menos a una mujer. Las tenía a pares. Jamás daría su brazo a torcer y menos aún por el sexo débil. Siempre lo pensó y con sorna lo prodigaba en *petit comité*.

Llamó a su novia en París: La joven Amélie.

—Hola, cariño, ¿cómo estás? Espero que bien, amor. Me hubiese gustado ir contigo, ya que me ha llamado la amiga de Jaume.

—¿Cómo que te ha llamado la amiga de Jaume? ¿Para qué?

—Nada importante, creo. Me ha dicho que os iban a dar una sorpresa al escritor y a ti. Que no te dijera nada. «Pero ya que me has llamado…», ha preguntado si tenías una carpeta grande con fotografías y un diario en el escritorio. Por casualidad, le he dicho que sí, que justamente había ordenado esa carpeta que contenía unas fotos vuestras de jóvenes. Se ha llevado una grata sorpresa, te lo juro.

—¿De qué carpeta hablas, Amélie? —cortó tajante Pol.

—Sí, hombre, qué despistado estás últimamente. La que dejaste en tu mesa con fotos. Las miré y de verdad que estabais muy guapos todos de jóvenes. Bien, esas y unas fotos que de verdad me dejaron tiesa. Qué guapa era tu novia, la rubia esa que sale contigo, desnuda. —Amélie sonrió.

—¡Dios mío! ¿Qué has hecho entonces? —Pol estaba perplejo.

—Se las he enviado por WhatsApp al móvil de la tal Maite. No he hecho nada malo, ¿verdad?

—¡Dios mío!

—¿Qué pasa, Pol? Erais muy jóvenes. Bueno, la de la rubia desnuda no la he enviado claro. ¡Por quién me tomas!

Colgó. Con eso no contaba. Había dejado las cosas encima de la mesa. «¡Mierda!», pensó. Eso ya no se podía arreglar, pero él, el gran Pol García, había salido triunfante de situaciones incómodas. El hecho de acostarse con Ana cuarenta años atrás no tenía por qué romper la amistad y el trabajo que lo unía a su mejor amigo. El gran problema era que estaba de deudas hasta el cuello, las malditas bacanales, el ambiente nocturno en París donde conoció a personas muy sociales y poco recomendables, vampiros y dueños de la noche a los que debía un montón de dinero de drogas y sexo, sexo duro, el que le gustaba de verdad. Jaume, aunque sabía que era un hombre al que le gustaba la vida nocturna, no podía imaginar, ni por un momento, la doble vida que llevaba.

«¿Quién le dio su teléfono de casa a Maite?», se preguntaba. Y él mismo se respondió: «Jaume, seguro, tenía que ser él», y es que el escritor nunca daba su número, solo en contadas ocasiones. Para eso estaba él, ¡hacía de filtro al gran Sonyer! Era un criado en manos de su patrón.

En casa de Maite, Jaume seguía estirado en el sofá. Había tenido un desmayo. Demasiadas emociones.

—Hola, Jaume. ¿Cómo te encuentras?

Al escuchar esa voz conocida, parpadeó. No lograba abrir los ojos, pero volvió ese tono que le enviaba señales del pasado.

—Jaume, despierta, cariño. —Esta vez los ojos se le abrieron al contemplar la mirada de Ana... pero no era ella. Aclaró la vista y se dio cuenta de que era la madre de Ana, que le acariciaba el cabello con ternura. Intentó levantarse, aunque ella lo evitó—. Espera, espera —repitió, poniéndole la otra mano en el pecho suavemente—. Puedes marearte otra vez. —Pidió un vaso de agua y levantó con cuidado la cabeza. Parecía que el escritor iba recobrando el sentido..

—Gracias, Ana —le dijo mirándola a los ojos. Eran el fiel recuerdo de su hija. Y rápidamente giró la vista a todos los que estaban mirándolo preocupados—. ¿Qué hacéis aquí? —preguntó, incorporándose del sofá.

Pep sonrió. Siempre le había gustado ese chico, que con tanto amor trataba a su hija.

—Tenemos mucho que contarte —contestó Maite.

Jaume ya estaba del todo recuperado. Lo acompañaron al baño, donde se refrescó la cara. Se miró en el espejo, apoyado en el mármol lleno de potingues. Respiró hondo.

—¡Allá voy! —se dijo así mismo. Sabía que algo iba a pasar en esa casa. Maite parecía una buena mujer, no una simple prostituta, como le dijo Pol. —¿Pero qué le pasa a mi amigo? —suspiró.

Volvió al sofá. Estaba bien. Ana se acercó al escritor y, con los ojos llenos de lágrimas, le pidió:

—¿Puedo abrazarte, Jaume?

—No quiero otra cosa, Ana. —Y los dos se fundieron en un abrazo de los que recordarían el resto de sus vidas.

—Gracias —suspiró la mujer—. Sabes... siempre te hemos querido.

—Lo sé —mascculló el autor, mirando a la pareja de ancianos—. Decidme, por favor. Estoy impaciente. ¿Qué le pasó a Ana? —Ahora miró al suelo con pena.

—Está bien —contestó Pep, mirando al escritor a la cara. Jaume se removió en el asiento, nervioso. Se le secó la garganta y bebió un trago de agua. Estaba del todo inquieto, no daba crédito a todo lo que estaba pasando—. Tranquilo y escúchanos. Todos tenemos cosas que contarte.

Eran las cuatro de la tarde y de pronto sonó el interfono. Kike fue a abrir, aunque no sin antes pedir permiso a Maite.

—¿Quién puede ser? —se preguntó esta—. No esperaba a nadie. Pero bueno —le hizo un ademán al chico—, abre.

Todos se quedaron a la espera. No querían que nada ni nadie los distrajera en cuanto empezaran con esa historia que seguro al bueno de Jaume lo dejaría de palmo y medio. Entró por sorpresa y con alegría José.

—¿Pero qué narices haces aquí? —preguntó Maite.

—Me dijiste que hoy ibas a contarle todo al escritor y tengo todo el derecho del mundo a estar con vosotros. ¿No te parece?

—Pues sí. Tienes razón, José.

Jaume se quedó mirándolos con curiosidad. «¿Quién es este hombre?», se preguntó.

—¡Buenas tardes a todos! —vociferó José, mientras iba saludando. Dejó para el final a Jaume, al que se dirigió con mayor respeto: había leído toda su obra—. Es un placer conocerlo, señor Sonyer.

—El placer es mío —contestó amablemente Jaume.

Ana se puso a hablar:

—Mira, Jaume. Ana está viva. Te preguntarás por qué nunca te mencionamos nada. Tiene su explicación. Esa maldita noche comenzó mal, pero acabó peor. —Jaume la miraba expectante—. Todo empezó mucho antes. Tu amigo Pol tuvo que ver con todo ello.

—¿Pol? ¿Qué tuvo que ver con la desaparición de Ana?

—Con la desaparición nada, pero mucho con el estado mental de mi hija. Supongo que ayer por la noche notaste un tono displicente hacia él.

—Pues sí. ¡¿Pero me podéis decir dónde está Ana?! ¿La puedo ver?

—Claro que sí, pero ten paciencia. Mira, Jaume, Ana siempre estuvo enferma. —El escritor se quedó callado. Pensaba que, si hablaba, el tema iba a durar demasiado y estaba impaciente por volver a ver a Ana—. Mi hija es esquizofrénica. —Se hizo un silencio en la sala, continuó—: La noche en que se fue con ese hombre no era un desconocido más. Ese chico había sido un ex profesor de Física de Ana que, pensando que la maltratabas, la sacó inmediatamente de tu lado. Sí, no digas nada. Pep y yo sabemos que tú nunca le harías daño. Recuerda que esa noche había bebido mucho y, de paso, tomado unas cuantas drogas.

—¿Drogas?

—Sí, drogas, Jaume —intervino Maite—. Yo la invité. No sabía nada de su enfermedad. Antes de quedar, me llamó Pol para que pillara un gramo de coca y unas pastillas. Vosotros os iríais, pero nosotros seguiríamos la fiesta. Sabes... Ana iba puesta hasta arriba de ansiolíticos cuando llegasteis al restaurante. ¿Tú lo notarías? —advirtió Maite.

—Bien. El alcohol le sentaba mal, todos lo sabíamos. También, que tomaba algunas pastillas para el estrés.

—Para el estrés no, Jaume. Para regular la esquizofrenia que años atrás había empezado a hacer mella en el pobre cerebro de Ana. No te dijimos nada. Ana te amaba y tú a ella. No quería que la miraras con otros ojos, quería sentirse normal cuando estaba contigo.

—Ahora entiendo. Os ibais algunas semanas fuera. Pero...

—Íbamos al hospital —cortó Pep—. Le hacían pruebas y ella podía descansar. Necesitaba hacerlo. El esfuerzo para que no notaras nada era muy grande. Algunas veces te mandaba a casa porque tenía recados que nosotros le habíamos mandado.

—Lo recuerdo. Yo me preguntaba si no podía acompañarla y decía que eran cosas de la familia, que nada tenían que ver conmigo.

—Exactamente. Teníamos ese pacto. Y es que te quería mucho. Es más, nunca ha dejado de hacerlo.

—¿Pol lo sabía?

—Correcto. Decidió decírselo un día que no podía más con su secreto. A la pobre se le iba la cabeza y a veces empezaba a hablar con alguien inexistente. Pensaba que querían hacerle daño y entonces acudía a nosotros, que siempre estábamos atentos. Y en una de esas ocasiones se lo comentó. Era para ella un acto de autoestima. Sacar su problema a pasear era un paso adelante. No se curaría nunca, pero al menos podría tener a alguien fuera de nosotros que la entendiera un poco. ¿Por qué, si no, dejó la universidad? Tuvo un tiempo muy duro, con bajadas y subidas de humor, de ataques contra nadie, y decidimos traerla a casa.

—Lo recuerdo como si fuese hoy. Iba a ver a su tía a Canet. ¿Verdad?

—Sí, pero no. Ciertamente estuvo en Canet, pero tuvimos que internarla durante un par de semanas.

—Claro. Ahora entiendo algunas lagunas. Pensaba que era del estrés… ¿Y me decís que Pol sabía todo esto?

—Bueno, supo que ella tenía esa enfermedad. No mucho más. Ahí descubrimos al verdadero Pol.

—¿Qué me estás contando? ¿A qué te refieres?

—El cabrón no te dijo nada… pensaba cómo abordar el caso.

—¡Dímelo ya!

—Se aprovechó de ella en uno de sus brotes psicóticos.

A Jaume se le erizó el bello. No podía creer lo que le estaban contando. «¡Hijo de puta!», pensó. Su amigo, su manager y asesor. Toda la confianza de la que era capaz de dar a una persona se la dio a Pol.

—¿Y cómo se enteraron? No sería una decisión compartida.

—¡No, Jaume! ¡¿Cómo puedes decir eso?! —contestó indignada Ana—. Ella te amaba. Le dio bebida alcohólica en mitad de una crisis. Sabes, eso podría haber sido letal para ella. Se acostó con Pol como podría haberse tirado por la ventana. La convenció…

En ese momento sonó el móvil de Jaume. Lo miró y contestó.

—Hola, cariño. ¿Cómo estás?

—Bien, amor. Charlando con unos amigos de la novela.

Todos se quedaron mirándolo extrañados. No parecía uno de esos que engañaran a su mujer.

—Nosotras vamos a hacer un par de recados. Dame la dirección y, si te apetece, te vamos a buscar.

—De acuerdo. Te la paso por WhatsApp. Luego te cuento, cariño.

—¿Seguro que estás bien, Jaume?

—Seguro. No te preocupes más. Luego te llamo.

Colgó. El águila ya sobrevolaba. Había algo que no le cuadraba, pero debía confiar en su marido. Aunque no le diría nada, si le agarraba uno de esos ataques de ansiedad que de vez en cuando le daban…

—¿Tu mujer?, ¿María?

—Sí, José. Mi mujer. Pero sigamos. ¿Alguien me va a decir dónde está Ana?

—Paciencia, escritor —bosquejó José—.

Jaume desesperaba, pero no le quedaba más remedio que aceptar.

—La noche en que desapareció Ana fue un auténtico calvario para nosotros.

—¿Pero entonces? Decidme de una vez…

—Jaume —Pep lo miró de frente—, ¡Ana mató a ese pobre chico! Se la llevó a su casa para tranquilizarla y, con una de esas malas interpretaciones que le daba su pobre cerebro, «te vio a ti». Quiso acostarse y, de pronto, mientras estaba encima suyo en el sofá, lo vio a él, se asustó y lo sacudió varias veces con uno de esos floreros de porcelana gruesos que descansaban en una mesita del salón. Pensaba que la estaba violando. Nos llamó y la encontramos en el recibidor de la casa del chico. Desnuda, tiritando y con el cuerpo impregnado en sangre.

—¿Cómo?

—Lo mató —volvió a decirle, tajante y sin filtros. «Tenía que ponerle en situación», pensó Pep. El escritor se puso las manos a la cabeza. No podía creérselo.

—Eso no tiene ningún sentido.

—Ana nunca fue una chica rebelde ni conflictiva. Es una mujer con un trastorno más que probado por médicos y psiquiatras. Y lo sigue siendo. Tuvo un brote psicótico. Pensaba que ese chico la estaba violando y se defendió. ¿Lo entiendes?

—De alguna manera. ¿Y ahora cómo está? —Los ojos le brillaban, no lograba entender...

—Está bien, dentro de lo que cabe. Hace unos años descubrieron unos medicamentos que contrarrestan con bastante eficacia el tipo de esquizofrenia que padece. La dejan tranquila y, por suerte, no queda fulminada en una silla, como pasaba años atrás.

Jaume se quedó mirándolos con sumo interés. Intentaba asumir todo lo que le explicaban.

—Volviendo a Pol. ¿Cómo sabéis que abusó de Ana?

—No era demasiado complicado, Jaume. Tenía un diario en el que ponía sus intimidades.

—¿Lo leíais? —preguntó confundido el autor.

—Cuando tienes un hijo con esos problemas... no te queda más remedio que intentar estar un paso por delante. Evitas muchos cosas. —Jaume asintió con la cabeza—. Además, Maite lo recogió de un cubo de basura en frente de casa de Pol; por suerte nunca lo tiró. Te lo mandó, eso nos dijo más tarde... ¿no es cierto, Maite?

—Sí —contestó la anfitriona sin dar más explicaciones—. ¿Por qué no me dijisteis nada? Y, por cierto, ¿en un cubo de basura?

Todo era tan surrealista. Observaba con atención la mirada de todos los que estaban presentes, que por lo visto habían tenido mucho que ver con el antes y el después de su amor de juventud.

—Teníamos que mantener el anonimato hasta el final. Entiéndelo, por favor. Se había metido en un lío muy grande. Si se filtraba cualquier cosa de lo que en realidad había pasado, sobre todo después del gran dispositivo policial que se montó... se la hubieran llevado las autoridades y a nosotros con ella, por encubrimiento y un montón de delitos que, por ser agente de la ley, me hubieran imputado. No podíamos hacerte cómplice de nuestra decisión. Entiéndelo. Es más, tampoco teníamos pensado contártelo después de tantos años. Maite estaba empeñada... La pobre siempre ha tenido el corazón roto. Y no iba a dejar pasar la gran oportunidad, aprovechando que venías a Barcelona después de cuarenta años.

—Teníamos que cuidar de Ana de todas las maneras posibles —se sumó Ana—, aunque por desgracia no fue del todo así. Hicimos todo lo que pudimos. Vendimos la casa de Canet para pagar todos los gastos que originó la muerte de ese pobre chico. Pep, por su trabajo, conocía a gente que le debía favores y los utilizó para sacar el cadáver.

»Luego aparecería como accidente de tráfico esa misma noche. Y después la huida con Ana fuera del territorio español, también los gastos de la clínica privada donde en teoría la iban a cuidar. Todo eso nos superó. No supimos nada de lo que en realidad estaba viviendo nuestra pobre hija hasta que, por casualidad, Maite y José se cruzaron en su vida...

Jaume se levantó y cogió el móvil. Con un gesto, pidió un momento de silencio.

—Hola, Pol. ¿Dónde andas? —preguntó con seriedad Jaume.

—¡Hola, amigo! —gritó ansioso Pol.

—Déjate de monsergas. Mañana te quiero ver en el hotel a las nueve de la mañana.

—¡Bien, desayunamos juntos!

—No. Nada de eso. Quiero hablar contigo. Me tienes que explicar un montón de cosas. Vente desayunado y no quedes con nadie. ¿Estamos?

—Sí. Claro, ahí estaré.

—*Ok*, hasta mañana.

Jaume colgó el teléfono. El escritor siempre había sido una persona reflexiva. Tenía que conocer la versión de quien había sido su mano derecha durante cuarenta años. Después marcó otro número.

—¡Hola, cariño!

—Hola, vida. ¿Pasa algo?

—Sí. Pasa algo, María. ¿Dónde estáis?

—En el Park Güell —contestó preocupada el águila.

—Quedaros fuera del parque. En media hora irá a buscaros Daniel. —La voz de Jaume era seria.

—¿Qué ha pasado? —preguntó preocupada María.

—Luego os cuento, tranquila. Te quiero.

—Nosotras también.

Ahora ya no le quedaba la más mínima duda: Jaume no estaba bien. No iba a titubear ni un momento. Defendería a su marido con uñas y dientes si hacía falta. En realidad, no pensaba que fuera para tanto, aunque ella nunca dejaría de vigilar. Pensar que tuviera celos era un absurdo, pero sabía que algo había escondido en sus pensamientos.

Jaume volvió a sentarse en el sofá. Estaba bien después de hablar con María. Parecía que la tranquilidad estuviera regresando a su cuerpo y a su mente. Iba a contarle todo lo que le estaba sucediendo, sin más. Ella era la persona más importante de su vida junto con su hija, y eso no iba a cambiar jamás.

PUEBLA DE LA REINA, JULIO DE 1995

Las cinco de la tarde. Un sol de justicia envolvía por completo el pueblo extremeño. Antonio no trabajaba esas intensas horas de verano. Era imposible salir a cosechar con esa temperatura. Sentados alrededor de la mesa del comedor, Maite le explicaba a su hermano todo lo que habían vivido esos últimos días en Oporto. Estaba excitada, quería que su hermano se hiciera a la idea de todo el periplo que habían dejado atrás, con parada inclusive de la Guardia Civil y el final inesperado, evitando en todo lo posible las aglomeraciones de carreteras colindantes, dando vueltas alrededor del pueblo hasta llegar a su casa.

Antonio, con rostro serio y absorto por todo lo que habían pasado. Miraba apenado a la mujer y al niño, puesto que, al fin y al cabo, si los hubieran detenido de alguna forma, a ellos no los habrían retenido demasiado, ya que, según el relato, no habían delinquido, solo habían escapado de una tortura. Pero los nervios que debían haber pasado madre e hijo le hizo verlos con ojos que reflejaban verdadero afecto.

Ana miraba a Antonio con curiosidad. «Un tipo majo —pensaba— y encima parece buena persona. Se nota que quiere mucho a su hermana», y eso le gustaba. Para ser sinceros, necesitaban un cobijo, algún hogar donde vivir y, si podía ser con un compañero, mucho mejor; alguien que se preocupara de ellos de una vez por todas. Su corazón siempre estuvo vinculado a Jaume, pero era historia pasada. Jamás volvería a verlo.

Sabía por las revistas que de vez en cuando se dejaban ver en algún quiosco o parada del mercadillo, que su amor de juventud era un escritor de fama mundial, casado con una hermosa francesa con la que había tenido una hija.

Recordaba con tristeza los primeros días en el caserón; lloraba todas las noches. Las descargas que le daban cada dos por tres la dejaban muerta en la camilla. Aún no podía entender cómo Jaime pudo sobrevivir.

Las cosas fueron mejorando cuando empezó a recibir las pastillas que le enviaban sus padres. Su vida estaba vinculada a Barcelona, aunque tenía claro que no volvería jamás a su casa. El día a día en esa maldita torre era una tortura. Con los años, Jaime pasaba las horas jugando sin poder salir más allá del jardín. Ana lo miraba por la ventana con una pena insoportable.

Soñaba con salir de esa cárcel, pero, al cabo de unos años, después de un lavado de cerebro por parte de esa maldita secta, las violaciones continuas de sus socios hicieron que olvidara todo su pasado. Cuando empezaba a recordar y preguntaba, volvían a taladrar su cabeza con historias que no tenían nada que ver con su realidad, volvían a darle descargas con la siguiente explicación: «¡Debes tranquilizarte! La enfermedad te hace ver cosas que no son. Viviste en Barcelona poco tiempo. Te trajeron de jovencita tus padres para que te curaras y eso estamos haciendo». Pasaban los días y volvían las torturas con los hombres que llamaban a la puerta del caserón. Había chicas en esa misma situación. Solo se veían una noche cada cinco días. Escuchaban una especie de sermón que el líder del lugar les transmitía, dándoles unas pastillas que las conducían a ser sumisas para todo aquel que necesitara de sus servicios.

Así, año tras año, el niño se fue haciendo mayor y Ana acabó acostumbrándose y creyendo en esa mentira a la que estaba sometida. Los enfermeros y cómplices de esa barbarie acabaron por hacer de ella una más. Ellos también abusaban cuando les apetecía, pero nunca de día. El líder no debía saberlo. Ana era del señor y de los socios que a veces hacían cola a la puerta de la habitación. Ana tenía que estar siempre drogada y a su disposición.

Jaime le recordaba a diario que era una mujer bella, pero Ana estaba mal, nunca le hacía caso; aunque se preocupaba por él, le regañaba. No quería que los enfermeros o el personal del caserón escucharan a su hijo decir cosas en las que ella había dejado de creer. Tenía miedo de que un día lo separaran de ella, así que lo hacía callar con malas palabras.

Pero el joven Jaime no pararía. Sabía que había algo más de lo que le explicaban... El chico observaba el exterior subido a una piedra oculta entre plantas en una arboleda del caserón. Veía a familias paseando fuera del recinto. Madres, padres e hijos salían de compras, pasándolo bien o discutiendo de cosas que a él le hacían gracia. Pero esos jóvenes no tenían miedo; al contrario, reían con sus padres y hermanos.

A Ana le llegaban flashes del pasado, de su vida en Barcelona y, sobre todo, con Jaume. Pero decidía callar, no decirle nada al bueno de Jaime por lo que le pudiera pasar.

Hasta que un día de primavera, años después, el líder del centro para enfermos, viendo que Ana estaba totalmente sometida, que creía en él y sus monsergas, decidió ponerla a vender los productos que fabricaban en ese maldito chalet. Recogían las mieles, los pétalos de flores y las hierbas aromáticas, dándoles forma de crema y agregándolas en los envases: fábulas de reconstrucción de pieles arrugadas o sensibles. Era un negocio redondo. Todo lo que sacaban de las chicas prostituyéndolas también lo utilizaban para tenerlas como vendedoras de sus productos emergentes.

Para ser sinceros, algún que otro empresario de la ciudad había advertido al líder de la secta que tuviera cuidado, puesto que la nueva policía e inspectores llegados a la ciudad no dejarían impunes los abusos si descubrían todo lo que ahí sucedía. Las chicas empezaban a tener un color muy poco natural en sus caras y olían a encierro, así que les fue de fábula sacarlas a vender sus potingues de tres al cuarto, y con eso parecería del todo normal su estancia en el caserón.

Entonces fue cuando, un martes por la mañana, Maite pudo ver un rostro conocido. Todo le fue revelado al bueno de Antonio. Este se lo tomó como algo personal. Con el semblante desencajado, observaba a esa mujer hermosa sin dar crédito a lo que le habían hecho. Se preocupó por su estado mental, sabía que esa enfermedad podría darle muchos problemas. Entonces, con tranquilidad y mirando a Ana, le preguntó sin tapujos:

—Ana, ¿tu salud mental me puede acarrear problemas de los que yo no pueda hacerme cargo? ¿Puede que me sea imposible ayudarte? Verás, todas estas tierras que has visto en el último kilómetro las cosecho yo. Me iría de fábula una ayuda y, para ser sinceros, una familia en casa, cosa que con la muerte de nuestros padres nunca volví a tener. Pero no me puedo hacer cargo de ti si un día te perdieras y pensaras cosas que no son. No por no querer ayudarte, sino porque me paso el día fuera, trabajando como un cabrón, y llegar a casa me supone el descanso que necesito para continuar. ¿Qué me dices? Para mí sois maravillosos. Jaime es un chico autónomo y sé que no tendría problemas con él, pero tú...

—Yo tengo mis pastillas, Antonio. Mi esquizofrenia nunca pasó a más. Hablaré con mis padres y, si estás de acuerdo, nos las enviarán cada mes. La evolución que se ha dado en relación con los tratamientos para esta enfermedad ha sido muy grande. Raramente tengo brotes psicóticos. También cuento con Jaime, que sabe cuándo controlarme.

—¡Sí, sí, lo juro, Antonio! —Jaime salió de una de las habitaciones y, a toda prisa al escuchar a su madre, le lloraban los ojos y pedía por favor que los acogiera, que él se haría cargo de todo, prometiendo que no lo molestarían, que le ayudarían con lo que hiciese falta—. ¡Por favor, no nos devuelvas al caserón! —Ahora las lágrimas del niño amenazaban con mojar la camisa de Antonio mientras lo abrazaba.

Antonio se hizo cargo de la situación. No iba a dejar a ese niño y a su madre tirados, si era así como parecía que era. Algo se inventarían para pasar desapercibidos y mandar al niño a la escuela del pueblo. No sabía cómo... pero lo haría. Con una condición explícita: si se descontrolaba el asunto por la salud de Ana, deberían tomar otra decisión.

—*Ok*, Jaime. Deja de llorar. De momento, os quedaréis aquí conmigo. —Jaime volvió a abrazarlo—. Ana, ¿quieres quedarte aquí en casa bajo esas condiciones?

—Sí que quiero —contestó la rubia en voz baja y con la cabeza gacha—. Gracias, Antonio.

En esos momentos y después de afirmar con la cabeza, se levantó y ahora era Ana quien abrazaba a ese hombre que iba a darle cobijo después de salir de todo ese mundo de corrupción, drogas y violaciones donde la habían metido sus padres, desconociendo por completo lo que se cocía en ese antro de delincuentes.

Estuvieron largo rato hablando de los pormenores, de cómo iban a afrontar la vida a partir de ese momento. Lo primero era avisar a los padres de Ana. Tenían un código que Pep, el padre de Ana, sugirió... Sabrían en todo momento que eran ellos los que llamaban. Se trataba únicamente de llamar, marcar una sola vez el timbre, colgar, volver a llamar y colgar al momento. La siguiente quedaba claro que era su hija quien los llamaba. También tenían una señal de socorro: si al ponerse al aparato contestaba que todo estaba perfecto, entonces tenían que ir cuanto antes, algo no funcionaba. Y es que Pep no se fiaba ni un centímetro de la policía a la que pertenecía. Sabía los trucos. Sencillamente era reconocer que era Ana quien la llamaba. Él decidiría si en esos momentos debía contestar. Podía estar con un compañero o con el comisario en casa. Eran amigos, pero dudar de cualquiera era su oficio. Eso duró siempre. Ya no conocían otra manera de ponerse en contacto. La gente de la autoridad no descansaba, lo tenía medianamente claro. Era un poli de los de antes. Cuando no estaba de servicio, seguía siendo agente del cuerpo de los Mossos. Sus compañeros eran iguales: luchaban contra el delito y no les fallaba la memoria. Así que tenían que ir con mucha prudencia.

BARCELONA, JUEVES 27 DE JULIO DE 1995

—Hola, buenas tardes —respondió Pep, el padre de Ana, a la llamada.

—¡Hola! —gritó Ana al escuchar la voz de su padre. No podía identificarse como su hija, Pep temía que cualquier llamada un día saliera a la palestra y con ello la verdad de lo que pasó hacía años con Ana.

—¡Por Dios, ¿qué ocurre?!

—Nada. Le llamo desde Badajoz. Me he equivocado. Disculpe. —Ana en ese momento se arrepintió. Quiso darle una señal, al menos una ubicación.

—Está bien. No se preocupe. —Pep colgó y se quedó mirando a su mujer—. Algo ha ocurrido, Ana. Tenemos que salir en cuanto podamos.

—Pero...

—Tu hija se ha escapado. Pero me ha dejado una pista de dónde está.

—¿Y?

—Badajoz. Ha dicho algo de Badajoz, cariño.

—¿Cómo sabremos cómo encontrarla?

—De momento, no hagamos nada. Mañana intentaré fisgonear en la comisaría, a ver qué se me pasa por la cabeza. Mirare sí ha pasado alguna cosa en la casa. Algo se le ocurrirá a tu hija para darnos alguna pista.

—¿Por qué se habrá ido, vida? —preguntó con ansiedad Ana.

—No lo sé. Desde hace un tiempo, creo que la clínica no es trigo limpio. Algo ha estado pasando que desconocemos.

—¡No me digas! Tenemos que ir cuanto antes. Ana se puso muy nerviosa. ¿Qué le habrían hecho a su pequeña?

—Sí, Ana, pero hagamos las cosas bien. No he percibido ninguna señal de auxilio. Es más, no ha mencionado la palabra de socorro. Sencillamente, parece que se ha emocionado al oír mi voz.

Intranquilo, Pep fue a la comisaría al día siguiente. Barcelona despertaba con dieciocho grados. «Será un día caluroso», pensaba mientras llegaba al auto. La comisaría estaba en Sarrià, no muy lejos de casa, pero sí lo suficiente como para tener que ir en coche.

Cuando llegó, lo estaba esperando uno de sus colegas y amigos del cuerpo.

—Hola, Pep. Tenemos que hablar. —Con cara seria, lo invitó a sentarse en uno de los despachos.

—¿Qué ocurre, Alberto?

—¿Sabes, Pep? Creo que... —De pronto, volvió la cabeza y, gesticulando con los brazos, hizo entrar a uno de los uniformados que andaban de aquí para allá con documentos.

—Señor, ¿necesita algo? —preguntó el joven policía.

—Sí. Que traigas un par de cafés, por favor.

El hombre obedeció.

—Alberto, ve al grano, coño. Suelta lo que me quieras contar.

—Me parece que hemos encontrado a tu hija, Pep.

—Pero... ¿qué me estás contando, Alberto?

—No quiero que te hagas demasiadas ilusiones, pero fíjate. Esta cámara de vigilancia es de una carretera en Extremadura, Badajoz. Mira aquí —sacó un plano y le puso el dedo índice señalando la carretera—: es la A5. Esta autovía viene de Portugal. Nos la han enviado ayer.

—¿Por qué esa captura y quién advirtió?

—Un control de carretera de la Guardia Civil, amigo. Con lo de ETA, nos llegan a centenares. Igualmente, el compañero del que detuvo ese auto nos lo envió. No vio muy clara la estrategia de su compañero, pero lo dejó pasar sin ni siquiera mirar los DNI. No había indicios de terrorismo, que al fin y al cabo era lo que buscaban. Pero los dejó pasar... De todos modos, está claro que, si pedimos la documentación, al menos la verificamos. ¿No crees? Bueno, a lo que iba. Los dejó pasar, pero mira el rostro de esta mujer que salió del coche. Fíjate bien, amigo. Se parece mucho. Es mayor. ¿Qué tendrá, unos treinta y seis años más o menos?

—Sí los tendría... pero...

—Pero nada, Pep. Mira, compañero, yo no sé si esta cara es la de tu hija o no, pero creo que vale la pena investigarlo... ¿no te parece? Esos rasgos son muy parecidos a los de ella.

—Cómo no. Gracias. Pero entiende, amigo, que no haga muchos aspavientos. No quiero hacerme ilusiones.

—Lo entiendo Pep. Por eso pienso que mejor no digas nada de momento a Ana. No vaya a ser que caiga en otra depresión.

—Así lo haré. Discreción absoluta. Dame todos los detalles, que me encargaré personalmente de esto.

—Te los voy a dar por amistad, aunque no debería, por ser tu hija. Pero no será nada si no es nada. Y entre tú y yo quedará este asunto. Quisiera que esa rubia fuese Ana, te lo prometo.

—Gracias. Ojalá. —Lo miró con cara de perro degollado, como aquel que perdió la esperanza de ver a su hija con vida.

—Lo sé, lo sé. —Y, dándole una palmada en el hombro, Alberto se levantó y Pep se fue con los informes y con esa foto en blanco y negro salida de una cámara en una puñetera carretera de Badajoz. Lo cierto era que había captado la imagen muy bien y era ella. De eso no le cabía la menor duda.

El policía salió a toda prisa con la excusa de ir a encontrarse con su mujer por temas médicos. No podía creer lo que le acababa de contar su compañero. Habían pasado más de diez años y aún sonaban alarmas por temas que la policía tenía en segundo plano. Debía hacer algo... Salir de la comisaría era crucial para pensar. Fue directamente a casa. Llamó a Ana.

—¡Ana, ya voy, te espero donde siempre!

—¡*Ok*, en veinte minutos bajo! Acuérdate de coger el carnet de la seguridad social. Te lo pedirán, como la última vez en el médico.

—¡Vale, cariño!

En ese momento Pep ya le había dado la señal. «Algo sucedía», no tenía hora para el doctor, así que inventó una historia por si acaso. Si salía el tema a colación, diría que había pasado una noche de perros con sus migrañas. Él ya estaba advertido, porque, desde que sacaron a Ana del país, cualquier precaución era poca para Pep y Ana.

Una excedencia en el trabajo por falta de concentración por parte de los dos. Eso sería lo que pedirían para poder viajar y descubrir dónde se encontraba su hija.

Primero irían a Oporto, visitarían la clínica mental y luego viajarían a Badajoz. Lo tenían claro, pero no querían levantar sospechas. Eran cautos. Días antes Pep había investigado la supuesta aparición de Ana en la carretera, quería que su compañero lo viera. Igualmente, dejó correr el bulo entre Alberto y algún compañero más de que la noticia de haber visto a su hija los había afectado. Tenían que salir y, como aquel que no quiere la cosa, se dejaría caer por la zona. Sus compañeros lo entendieron a la primera. Nada oficial, claro... pero era de lógica aplastante que se pusieran en marcha inventando una excusa. Ana hizo lo mismo. Nadie podría sospechar que el matrimonio tuviera nada que ver con la desaparición de la chica, menos aún si iban a intentar investigar en privado esa fotografía.

Salieron con el coche una mañana de lunes. Un mes de ausencia no retribuida era lo que habían pedido a sus respectivos jefes. Tardaron unas doce horas en llegar a Oporto. Hicieron una parada para comer y, como un tiro, siguieron hasta el destino.

Lo primero que hicieron después de pasar la noche en la ciudad fue acercarse a la clínica donde supuestamente debía de estar Ana. Todo resultó muy extraño. Cuando estaban a cien metros, vieron a un grupo de policías apostados en la puerta, haciendo guardia. Era un equipo de asalto, de eso estaba seguro el bueno de Pep. No entendía nada, o quizás sí. Parecía una redada en toda regla. Pep quiso averiguar y, después de acercarse solo a la casa, le preguntó a uno de los guardias apostados en la misma puerta:

—¡Buenos días!

—¡*Bom dia*! —contestó el hombre, con la cara medio cubierta y el fusil en las manos, mirando seriamente a quien lo saludaba.

—Disculpe, solo quería saber si ha pasado algo en esta dirección. Igual me han informado mal.

—¿Qué quiere saber? —preguntó un policía de paisano que salía de dentro de la casa; era de mediana edad, moreno, llevaba el pelo rizado y tenía ojos claros—. ¿Es usted cliente o tiene que ver con los dueños del local?

—¡No! Verá, me dieron el nombre de esta clínica privada para gente con problemas psíquicos. La verdad es que quería informarme, pero veo que no tiene nada que ver con el folleto que recibí. Tendré que llamar a Alberto —dijo en voz alta para sí mismo. Pep disimulaba, intentando que no se le notara.

—¿Quién es Alberto, señor? —La voz del sargento sonaba cada vez más intrigada.

—Mire, señor, me presento, soy agente de policía autonómico en España. Me llamo Josép Forcades.

—¡Ah! Qué bien. Soy el sargento Tiago —se presentó, ahora más simpático—. ¿Y de qué parte es, agente Forcades? —Esas preguntas sonaban más a policía que a camaradería.

—De Cataluña, amigo.

—Usted es Mosso, ¿no?

—Pues sí, sargento Tiago.

—Llámeme Tiago.

Los dos hombres empezaban a relajarse, y Pep quiso explicarse de forma más exacta:

—Mira, Tiago, ¿ves a esa mujer de allí? —Apuntó con el dedo índice hacia la esquina.

—Sí, claro —contestó con la obviedad que daba la pregunta.

—Es mi mujer. Le he dicho que esperara al ver a sus agentes apostados. Es un despliegue de asalto en toda regla, y he preferido acercarme solo.

—Has hecho bien, Josép. Nunca se sabe, ¿verdad?

—Eso es. Pues bien —continuó amistoso Pep—, nos llegó información de esta clínica, y mi colega Alberto me pidió que me acercara. Su hija, sabe... está enferma y, según el folleto, parecía un buen psiquiátrico. El matrimonio está desesperado, andan mirando todo para ayudar a su hija.

—Un poco lejos, ¿no? —preguntó Tiago con segundas.

—Amigo mío, parece ser que, cuando uno tiene un hijo enfermo, busca debajo de las piedras todo tipo de cura.

Allí tocó, sin saber nada, la fibra sensible del sargento, puesto que el hombre había padecido en sus carnes el suicidio de un hijo por causas mentales. Se acercó a Pep, con más empatía de la que había demostrado hasta el momento:

—Pues sí. No lo dude. Ahora, si no le importa, tengo trabajo. Si me dicen dónde puedo encontrarlos, me pondré en contacto con ustedes, a no ser que se vayan ya.

—¡Claro, Tiago! Estamos en un hotel del centro. Mire, se llama... —se puso a pensar—, sí, se llama NH Collection.

—¡Ah! Un buen hotel han escogido. Está en la avenida que le da nombre *liberdade*. ¿Puedo visitarles sobre las siete? No quiero ser inoportuno. Debo preguntarles un par de cosas y, para ser sincero, mejor una pequeña charla con un compañero que hacerlo en la comisaría. Un poco incómodo, y más viendo que seguramente no tienen nada que ver con esa gente.

—¡Por supuesto, encantada! —Ahora salió Ana, que, al ver a Pep enfrascado en una charla con un policía, decidió acercarse.

—¡Oh! Un gusto conocerla, señora, soy Tiago. —El agente se quedó impresionado al mirar los ojos y la tez blanca y bonita de esa mujer. Ciertamente, Ana tenía sus trucos de mujer, que en más de una ocasión saldaban con una sonrisa cualquier problema—. *Ok*, ahora deberían irse. Los compañeros van a salir con algunos detenidos, y no es muy agradable.

—Claro, disculpe.

Ana y Pep salieron calle abajo, intentando hablar de trivialidades. Tiago se quedó mirándolos durante unos instantes y, sin más, volvió de nuevo a la tarea. Por su parte, el matrimonio andaba intentando no volver la cabeza hacia atrás, cuando una llamada de teléfono los puso en guardia.

—Hola —contestó Ana.

—¡Hola, buenos días! Le llamamos de Supermercados Gigante. Estamos en la carretera de Badajoz, en el centro comercial. Abierto todo el día. Mañana entre las cinco y las seis de la tarde pueden pasar, tendremos su pedido.

—¿Cómo han conseguido mi número de teléfono? —preguntó absorta—. ¡No quiero que me llamen, ¿de acuerdo?! No he pedido nada, se han equivocado.

—De acuerdo, disculpe ha sido un error.

Ana colgó y Pep le preguntó extrañado:

—¿Qué ha pasado, cariño? ¿Alguien te quería vender algo? —Ahora reía.

—No, Pep. Creo que ahora ya sabemos dónde encontrar a nuestra hija. Me ha dado la hora y el lugar exacto: mañana, de cinco a seis, en un supermercado, en la carretera de Badajoz.

—Debemos hablar antes con el sargento Tiago. Nos iremos mañana temprano. Sé ha portado genial con nosotros. No quisiera estropearlo si se da cuenta de que nos hemos ido prematuramente. Podría no cuadrarle algo y dar una voz de alarma. No es necesario jugársela.

—Por supuesto. Mañana nos vamos, cariño.

El sargento fue a visitarlos a la hora convenida. Pocas palabras salieron en realidad de su boca. Igualmente, sabía que algo había en ese matrimonio que no le acababa de cuadrar. Antes, en la comisaría, había llamado a los Mossos de escuadra en Barcelona. Habló con Alberto y, sin intención de molestar, le dio la información que quería.

«El tal oficial Alberto no es quien tiene un hijo con problemas psicológicos...», pensó. El compañero de Pep había sido poco explícito, algo que imaginaba, puesto que respetar la intimidad de un compañero era algo natural en los cuerpos de policía. Dedujo que esa pareja amable y con cara de buena gente tenía un problema con algún hijo... No quiso ahondar en él, así que los dejó ir sin más.

—Nada, vayan con cuidado, amigos —rezó con buenas palabras—. Hay muchos controles, así que no hagan imprudencias. Igualmente, llámenme si ocurre algo. Estoy a su disposición

—¡Claro, sargento, no se preocupe y gracias por todo! —respondió amablemente Pep.

—No les molesto más.

Quedaron en verse en Barcelona algún día que el sargento y su mujer fueran de vacaciones. Dándose los móviles, se despidieron.

Tras una noche sin dormir apenas y una mañana que se les hizo eterna, Pep y Ana se encontrarían con su hija y Jaime, su nieto. También conocieron a Maite, José y Antonio. Todo el mes que habían solicitado a sus respectivos trabajos lo aprovecharon en el nuevo hogar de la que sería, a partir de entonces, su nueva familia.

Se pasaron días en casa de Antonio, compartieron, hablaron de todo y pudieron disfrutar de su familia. Ana les contaría lo que había pasado durante todos aquellos años, y cómo aquella preciosa mujer morena y bonita, junto a su marido, la había salvado de un desenlace fatal. También agradecerían de por vida a Antonio que se hiciera cargo de ellos. Ana había encontrado buena gente... una buena familia.

Ana y Pep no encontraban fin al goteo incesante de lágrimas que mojaban su cara. Era una situación imposible.

Todo lo hicieron por su pequeña y fueron a parar a ese antro camuflado como clínica mental privada. Nadie, excepto los padres, tenía acceso limitado en horas... Ahora sabían el porqué.

BARCELONA, 25 DE OCTUBRE DE 2023

NUEVE DE LA MAÑANA

Jaume bajó de la *suite*. Andaba solo. Había quedado con Pol. Necesitaba una explicación del que había sido íntimo amigo y mano derecha. Sus asuntos privados no le interesaban. Pol era un hombre que llevaba la vida con suma intimidad y lo respetaba, como no podía ser de otra manera, mientras no afectara a su día a día en el trabajo. Fue el hermano que nunca tuvo, el que le ayudó con sus silencios a salir del trauma. Jaume era una persona racional y reflexiva. Nunca se quedaba con lo primero que le decían. Escuchar a ambas partes era condición *sine qua non* para poder seguir con cualquier trato o problema.

Entró en la pequeña sala que previamente había reservado para la ocasión. Andaba con paso firme, el rostro serio y algo compungido. Las acusaciones a su amigo eran demasiado graves para mantener otro tipo de posición. Hubiese querido que fueran contradicciones y que todo tuviera una explicación… pero se le antojaba que no iba a ser así.

Pol lo esperaba con cierta calma tensa. Nada podía presagiar lo que iba a suceder en esa sala. No era una emboscada ni mucho menos. Jaume no era ese tipo de persona, pero no podía equivocarse con su amigo.

—Hola, Pol. ¿Cómo va? —Una pregunta retórica para empezar era lo que tocaba en esos momentos de nervios y decepción para el autor.

—¡Bien, Jaume! ¿Y tú y tus mujeres cómo lo lleváis?

Y es que Jaume, con esa entrada, le había dado la posibilidad de hablar para demostrarle que le importaba, pero nada más lejos de la realidad. Hizo el ademán de levantarse, pero el escritor lo detuvo con la mano…

—No hace falta que te levantes, Pol. Veo que vas muy elegante.

—Sí, claro. Tenemos reunión con el *president* de la Generalitat. ¿Recuerdas?

—Está suspendida. —Lo miró seriamente. Con gesto cansino se sentó en la silla al otro lado de la gran mesa de madera—. ¿Tienes algo que contarme?

—¿Qué quieres que te diga, Jaume? —preguntó con cierta dosis de dolor en el cuerpo.

—¡No me vengas con chorradas, Pol! ¡Dime algo, defiéndete de las acusaciones! —le dijo levantándose de la silla con los ojos enfurecidos de rabia—. ¡Di algo, coño!

—¿Qué, te vas a creer lo de esa puta? Por si no lo sabes… tu querido ex suegro me llamó, amenazándome con cosas. —Pol hablaba con muy poco convencimiento; con la voz alta, sí, pero poco creíble.

—¿Qué hiciste, Pol? ¿Te aprovechaste de Ana?

—¡No, por Dios! ¿Cómo puedes pensar eso?

—¿Sabías que tenía esquizofrenia, eh, lo sabías?... ¡Y ahora dime que no! Piensa bien lo que contestas, porque sé la respuesta. ¿Creías que no echaría de menos ese sobre que mantuve guardado en el cajón de mi oficina durante cuarenta años? ¡Por Dios, Pol, ahora lo ha visto hasta la pobre Amélie, joder!—Pol se quedó de piedra, continuó:

—Pero ¿cómo me dices esas cosas, Jaume? ¿Me ves capaz de saber eso y no decírtelo? ¿Me ves capaz de aprovecharme de Ana? Mírame, amigo. Soy el de siempre... tu amigo. Todo lo que te han dicho es mentira. Mas aún esa puta. Te dije que no hablaras con ella, ¡joder!

En ese momento Maite entraba por la puerta con la silla de ruedas, ayudada por José.

—¡Contesta, Pol! —Maite lo miraba a los ojos de mala gana, con cara de asco.

—¡Tú, puta! Claro, ya sé. Te enfadaste porque no te pagué lo suficiente esa noche y ahora quieres vengarte de mí, a sabiendas de que Jaume es un tipo de éxito y que yo soy su mano derecha. ¡No sabes nada!

—El que no sabe nada eres tú —contestó irritada Maite.

Pol se levantó y fue a por ella con rabia, diciendo a su amigo:

—¡Quiere pasta! Paguémosla y que nos deje en paz de una vez. —Estiró el brazo hacia ella y en ese momento dejó entrever un tatuaje en forma de serpiente que le salía de la muñeca.

Maite se ruborizó y con gran estupor chilló:

—¡Eras tú, fuiste tú! —Jaume y José se quedaron mirando extrañados—. ¡El tatuaje, nunca lo olvidaré! ¡El tatuaje! ¡Por Dios, cariño, el tatuaje, José! —Ahora lloraba de rabia—. Este cabrón abusó de mí con sus amigos. Me torturó y me violó hasta dejarme con múltiples heridas y mutilada. Pasé meses en el hospital. —Intentaba levantarse de la silla de ruedas, lo miraba con rabia—. ¡Me destrozaste la vida, hijo de puta!

No podía parar de llorar. Jaume no se podía creer lo que estaba oyendo, pero Pol no supo rebatir esa acusación, que lo pilló a contra pie. Jaume se quedó mirando a Pol estupefacto. Esperaba una respuesta, mientras José ayudaba a Maite a calmarse.

—¡Estoy esperando tu respuesta! Lo que dice Maite es muy grave. ¡Contesta!

—¡Eso es mentira! —Ahora la voz le temblaba. La cara era como la de un niño al que han pillado en el bote de mermelada con la cara manchada. Pol agarró el maletín que llevaba con papeles y salió a toda prisa de la habitación, no sin antes dirigirse primero a Maite—: ¡Siempre serás una puta, te merecías lo que hicimos! —Luego miró a Jaume—: ¡Y tú no serías nada sin mí! Recuérdalo: eres escoria y, encima, desagradecido. ¡He dejado mi vida para ayudarte en todo!

Jaume no contestó a toda esa misiva de improperios. Lo miró con pena cuando salía de la sala y luego del hotel. La cara de Jaume era un poema. Lágrimas de angustia pura y dura mojaban las mejillas del escritor. Esa bandada de acontecimientos lo superaba. Pero se recompuso. Tenía claro que todo eso no podía acabar con él.

Al día siguiente había una orden de busca y captura para el señor Pol García por delitos de violación, agresión e intento de asesinato. Maite así lo denunció después de discusiones con José. Con gran pena Jaume, firmó todo lo que Maite manifestó a la policía de los Mossos d'Esquadra delante del juez de turno.

Pensando en todo lo ocurrido, Jaume empezaba a comprender muchas cosas que tiempo atrás sintió, pero a las que no les había dado importancia: tres días fuera de la ciudad sin excusa alguna, idas y venidas con coche de alquiler cuando él tenía un buen auto... no quería ser conocido. ¿Cómo podía haber destrozado la vida de esa pobre mujer, que lo único que había hecho en su vida era sobrevivir?

Intentó no pensar, pero era imposible. Debían encerrarlo para el resto de su vida.

PUEBLA DE LA REINA, EXTREMADURA, 5 DE NOVIEMBRE DE 2023

Jaume y María, junto con Maite, José, Pep y Ana, llegaron a Badajoz. Con una generosidad poco común, María acompañó a su marido. Para el escritor, todo era como un sueño. No sabía muy bien cómo asimilar lo que estaba ocurriendo. «¿De verdad me voy a encontrar con Ana?», se preguntaba una y otra vez, sin acabar de creérselo. ¿Sería cierta la historia que esa mujer le había contado? Las pruebas eran irrefutables. Había tenido ese sobre en la mano, pero nunca llegó a abrirlo. Era incapaz de ver las imágenes de Ana después de su desaparición. La creía muerta y, después de tanto tiempo, sus padres le habían dado la noticia. No parecía real. No se sentía preparado para volver a ver a su amor de juventud. ¿Cómo reaccionaría su cuerpo al verla? Buf. No lo sabía.

María estaría al lado de su marido. Hay cosas en la vida que no se pueden ignorar o evitar. Si no lo acompañaba,

Jaume iría igualmente, y lo peor es que ella lo entendía: habría hecho lo mismo si lo hubiera sufrido. Jaume le pidió insistentemente que lo acompañara. Parecía tener miedo y ella debía estar a su lado para lo bueno y para lo malo, siempre junto a su marido y a su hija. ¡Siempre!

«El águila tiene que estar presente si Jaume se reencuentra con Ana», pensaba. A veces se preguntaba por qué esa mujer tenía que haber existido. Siempre había sentido celos de ella. Estaba completamente segura de que esa puerta jamás se había cerrado para su querido marido y ahora estaba a punto de volver a abrirla. Actuar con normalidad no le resultó fácil, dada la complicada situación.

Nadie tenía la culpa de lo que le había ocurrido a esa chica. En cuanto supieron que Ana estaba viva, la vida dio un vuelco profundo en sus vidas. Por decisión de su madre, Marisa se quedó en Barcelona. No quería que su hija se viera perjudicada de ninguna manera. Primero quería conocerla, saber a lo que se enfrentaba, que no era poco, y luego ya vería qué decisión tomar. Jaume lo entendió, aunque Marisa, a regañadientes, quería estar con su padre. Intuía el dolor que había tenido toda su vida, a pesar de que no dijese nada.

Desde el «aeropuerto» hasta el pueblo los separaban noventa kilómetros, lo que se traduciría en poco más de una hora. No hablaron durante la mayor parte del trayecto. La tensión se palpaba en el ambiente. Jaume había entendido a los padres de Ana, aunque al principio le costó. Era una persona racional y pensaba que él habría hecho lo mismo por su hija: llevarla fuera del país, mentir y hasta matar si hubiera hecho falta.

Nunca pensó que Ana tuviera esquizofrenia. Su silencio sobre el tema era completamente normal. Ella tenía miedo a ser vista de otra manera y se atribuyó un simple cuadro de ansiedad.

Al que no perdonó fue a Pol. Su mejor amigo lo hirió en lo más profundo de su ser. Durante cuarenta años fue como el hermano que nunca tuvo y confió en él. Le ayudó a gestionar lo profesional y lo personal. Nunca se habría imaginado todo lo que descubrió sobre su Ana. La mente volvió al barrio, a su juventud, y entendió muchas de esas cosas. No era más que un mentiroso. Le había fallado de todas las maneras posibles. Era un ruin. ¿Cómo pudo abusar de Ana y cómo torturó a la pobre Maite? Llevaba una doble vida que nunca se habría imaginado. Sabía que era un golfo, pero de allí a pensar en un psicópata... «¡Se acostó con Ana!», Pep y Ana lo sabían. Maite le envió el sobre, pero nunca lo abrió. «¡Grave error!», pensaba, insultándose a sí mismo.

Ahora se sentía un poco perdido. Siempre lo llamaba cuando lo necesitaba, que eran muchas veces al día. Un tipo tan honesto como Jaume no podía comprender todo lo que Pol intentó explicar y esconder. La amistad y la confianza eran asuntos básicos para él, ahora imposibles de recuperar. Vergüenza ajena, eso era lo que sentía y los veinte años de prisión firme que con determinación sentenció el juez no devolverían todo el sufrimiento que hizo pasar a la pobre Maite y a todas las personas de su alrededor.

Fueron cruzando algunos pueblos. La luz del sol no dejaba entrever ninguna nube. Le gustaba lo que veía: colores y paisajes muy distintos de su amada Cataluña, «pero muy bonitos», pensó en un momento de tranquilidad mental.

Se acercaban. El GPS indicaba que les quedaban pocos kilómetros para llegar. Tragó saliva. María lo miraba, siempre atenta a sus necesidades. Le ofreció un trago de agua.

—Estoy a tu lado y no quiero que te preocupes por mí. Intenta mantener la calma y, si no puedes, dímelo... Estoy contigo, Jaume.

Este le pasó la mano por encima de su propio hombro para acariciar la de María.

—Gracias, cariño. Lo sé.

Ya habían pasado por Almendralejo y no quedaban más de treinta minutos para llegar. No le dijeron nada a Antonio, tampoco a Ana ni a Jaime. No querían que se asustaran, puesto que había dedicado toda su vida a cuidar su discreción. El escritor no sabía del chico, ya que Ana no tenia claro en aquella época de quién podía ser, si de él o de Pol. Le puso Jaime por el amor de su vida, pero los años no dejaban muchas dudas. La cara, la altura y el gesto eran de Jaume, pero nunca se hizo ninguna prueba al respecto. Ella ahora se llamaba Sara, la mujer de Antonio que vino de un pueblo de Galicia. Una historia inventada de idas y venidas, un laberinto de situaciones plausibles que nadie puso en duda. Su hijo Jaime era fruto de un mal matrimonio, de un padre que jamás vieron. Todo un cóctel de situaciones que los vecinos creyeron sin hacer preguntas. Eran felices y libres. Jaime nunca supo quién era su padre y tampoco le interesaba. No se hablaba de eso en aquella casa de pueblo llena de amor y trabajo. Antonio era muy feliz con su mujer e hijo. Nuevos papeles, pagados por Pep y Ana.

En uno de sus momentos de reflexión y con muy poco tiempo para nada, Jaume obligó al conductor a parar el auto a un lado de la calzada. Salió despavorido de él y, de rodillas, vomitó. Le apretaba la camisa y respiraba con mucha intensidad. Un ataque de ansiedad en toda regla.

María salió tras él y le puso la mano en la espalda. Quería que supiera que estaba a su lado. El águila, siempre atenta a su marido, lo sobaba e intentaba agarrarlo de uno de los brazos por miedo a que perdiera el equilibrio.

Llegaron a la finca después de un tramo de curvas y plantaciones de fruta. Una casa grande y blanca, con portones de madera y un par de arcos en la entrada. Todo estaba muy tranquilo. Se escuchaba algún tractor a lo lejos y se respiraba aire puro. «Tierras cultivadas con mucho ahínco», pensaba Jaume al ver esas líneas rectas que separaban unas de otras.

No hacía demasiado frío, unos quince grados de temperatura, un tiempo muy agradable para la época. Jaume escogió la ropa que le pareció adecuada, quería ir cómodo. Siempre iba con traje, pero esta vez no quiso: una chaquetita tejana marrón, con una camisa de cuadros y unos vaqueros *beige*. María iba con vaqueros azules y una blusa blanca con una americana negra. Maite llevaba un vestido oscuro y una chaqueta algo más gruesa, lo que le facilitaba vestirse, puesto que iba en silla de ruedas. Su enfermedad degenerativa había causado estragos en sus piernas.

Bajaron del auto sin demasiada prisa. Un aire medio cálido cruzaba la finca y todo el territorio en general. Nada hacía sospechar que alguien pudiera esconderse allí. Una casa blanca, bonita, con un porche en la entrada y una mesa, donde también se veía un sofá colgante de metal.

Ana y Pep decidieron quedarse en silencio, no querían estropear aquel momento. Desde que entraron a la finca sus ojos solo hacían que derramar lágrimas por doquier.

Estaban a unos cincuenta metros de la entrada y la puerta se abrió. Jaume iba agarrado del brazo de María. Maite y José se miraron sin decir nada. Andaban hacia allí con falsa tranquilidad, aunque estaban nerviosos. Un hombre fornido salió a saludarlos. No esperaban a nadie.

—Buenas tardes —dijo, ajustándose un gorro de vaquero que llevaba calado en la frente.

—¡Buenas tardes! —dijo Maite. El hombre la miró y con cariño fue hacia ella.

—Hola, tía, ¿cómo estás? —Maite le abrió los brazos para llenarse de su calidez y cariño.

—¡Hola, Jaime, qué ganas tenía de verte!

Jaume se quedó mirando al hombre que salía de la casa. No sabía cómo reaccionar e hizo un aspaviento que María detuvo agarrándolo con más fuerza del brazo. Miró a su mujer y con voz queda le dijo:

—Ese es… —le temblaba la voz—, ¡ese hombre es mi hijo! ¡Por Dios! ¿Es mi hijo?

María lo agarró antes de que las piernas le empezaran a flaquear. Los padres de Ana no podían contener la emoción, seguían en silencio.

Después de abrazar a Maite, Jaime se quedó mirando a la pareja que venía con ellos. Con cara de sorpresa, iba a hablar, pero en ese momento salió su madre, cogida del brazo de Antonio, su marido. No habían bajado los dos escalones que los separaban del jardín cuando a Ana se le pusieron los ojos como platos y con un suspiro enorme creyó morir.

Levantó la mano y, apuntando con el dedo índice hacia el hombre que se acercaba del brazo de esa mujer, dijo:

—¿Jaume? ¿Eres Jaume? —Lloraba y cerraba las manos como pidiendo a Dios fuerza para no desfallecer.

Se soltó de la mano de Antonio y con gesto trémulo fue hacia él. Jaume le pidió a María con una caricia en la mano que lo dejara ir, cosa que aceptó con resignación. Los cincuenta metros que los separaban parecían dos kilómetros. Se miraban con los ojos llenos de lágrimas y con el corazón latiendo con fuerza. Jaume tuvo que detenerse un momento, sabía que las emociones lo paralizaban y podía desmayarse. Recobró el paso diciéndole a esa personita delgada, rubia y envejecida por el tiempo:

—¡Gracias, gracias a Dios! ¡Perdóname, Ana! —Ese nombre por el que tantas veces había rezado en sus sueños, esa culpa que durante cuarenta años nunca había borrado de su ser.

—¡Jaume! —chilló Ana desencajada, para acabar los dos abrazándose durante siglos.

No podían separarse. La emoción que se profesaban era mayor que cualquier amor que hubiesen dejado atrás. Ana le palpaba la cabeza a Jaume, mientras él le acariciaba la espalda, como queriendo que ese momento nunca terminara. Por su parte, María y Antonio observaban la escena emocionados, con los ojos llenos de lágrimas, como si ellos también participaran de ese afecto, de ese amor truncado por una serie de infortunios. Ana y Pep ni qué decir... se sujetaban uno al otro para no desfallecer.

María se sentía bien. Nunca pensó que reaccionaría así. No sintió celos, pues sabía que Jaume era suyo y que la quería con todo su ser. Se alegró por él, intuyendo que ese encuentro marcaría un antes y un después en sus vidas, en los sentimientos de su querido esposo. Ya no había nada de qué preocuparse.

Antonio, por su parte, quedó absorto. Sabía que Ana solo había sido una víctima de una historia que, lejos de destruirla, la había fortalecido y había envejecido junto a él. Estaba orgulloso de su mujer.

Jaime se acercó a Jaume. Lo miró como si viera a un conocido lejano, aunque intuía que había algo más allí que no sabía. Jaume lo observó con el brazo izquierdo rodeando a Ana. No querían separarse por el momento. Extendió la mano y, con gesto afligido, se presentó:

—Hola, soy Jaume. Estoy encantado de conocerte.

Jaime también le extendió la mano y, con la voz entrecortada, añadió:

—Soy Jaime y me parece que tenemos mucho de qué hablar.

Ana se quedó mirando a su hijo y, con lágrimas en los ojos, contestó por Jaume:

—No lo dudes, hijo, no lo dudes. Tenemos que hablar.

Entraron en la casa. Todo parecía una especie de rompecabezas que se había ido reconstruyendo con los años. Ya nada importaba para el autor en esos momentos: ni el premio, ni Pol, ni siquiera el proyecto que tenía en ciernes. Nada. Solo le interesaba la familia, su familia. Y ahora, cómo no, Jaime, y Ana, su amor de juventud al que nunca había olvidado. Seguía amando a esa mujer, pero de una manera distinta, como a... La verdad es que no podía definir el complejo sentimiento que lo embargaba. María iba de aquí para allá en el porche, hablando por el móvil con Marisa. Parecía emocionada. Jaume y Ana la miraban con una sonrisa en los labios.

Ana y Pep se sentaron desplomados en el sofá, cogidos de la mano, con una mueca de tranquilidad en su rostro. Se había cerrado un círculo. Ahora eran felices.

—¿Sabes, Jaume? —le dijo Ana, tomando sus cálidas manos—. He soñado toda mi vida con este momento.

Lo miraba a los ojos, ahora cristalinos y azules. Jaume estaba emocionado. Tener entre sus manos a Ana era algo surrealista. Nunca pensó que hubiera estado viva, pero allí la tenía, agarrándole las manos como una pareja normal. Ambos sabían que aquello era el principio de muchas cosas, pero no de un amor romántico. Estaban felizmente casados y nada ni nadie iba a romper esos matrimonios. Aunque también sabían que sería el inicio de muchas conversaciones con sus parejas. Se verían, y no poco. Jaume quería conocer a su hijo y ayudarlo de manera permanente. Marisa, estaba convencido, estaría encantada de tener un hermano. Seguramente, María la estaría poniendo al día. Los dos los observaban mientras ella daba vueltas con el móvil en la mano. Se tocaban y abrazaban, besándose las manos y la cabeza. Parecía que temían que todo aquello fuera un sueño.

María, en un momento de su conversación con su hija, se quedó mirándolos fijamente detrás de la ventana y los saludó. Con media sonrisa, continuó su charla. Parecía preocupada, pero ambos sabían que no tenía por qué... Pero el ojo del águila no descansaba.

En un momento, Antonio llamó a Jaume:

—¿Puedes venir Jaume?

—¡Oh, claro!

Se dirigió directamente a la cocina, donde Antonio y Jaime preparaban una merienda para los invitados, aunque este último no estaba por allí en ese momento.

—Pasa y ponte este delantal. No te vayas a manchar. —Jaume sabía que había llegado la hora de que el bueno de Antonio hablara con él—. ¿Sabes, Jaume? —Cogió aire mientras cortaba unos trozos de pan. Lo dejó y se quedó mirándolo con cara de preocupación.

—Dime, Antonio. No pasa nada y no va a pasar nada. Solo tengo palabras de agradecimiento hacia ti.

—¡Lo sé, lo sé! Hemos pasado mucho, amigo, desde que Jaime y Ana entraron por esa puerta. Son mi mujer y mi hijo, y nada ni nadie va a quitármelos. Merezco...

—Nadie te va a quitar nada, ¿sabes? —lo interrumpió Jaume.

Ana y Jaime escuchaban desde detrás de la puerta entreabierta. La complicidad de madre e hijo iba más allá de cualquier lazo familiar. Se amaban como lo que eran y, además, como si la amistad más grande y bella del mundo se hubiese forjado en acero. Se miraron mientras Jaume proseguía:

—Si tú quieres, y solo si tú quieres, vendremos a visitaros asiduamente. Me gustaría formar parte de vuestra vida, si me dejas. También echar una mano económicamente con las tierras. No quiero nada, solo haceros más llevadero todo esto, que sé por las noticias... que estáis perdiendo mucho dinero con las cosechas.

»Os ayudaré con el dinero que necesitéis. Vamos, si quieres. ¡Ah! Y no te preocupes por mí y por Ana. Los dos tenemos claro que tanto tú como mi mujer sois la base de nuestras parejas. Ella y yo... no sabría cómo describir lo que siento y lo que puede sentir Ana. Es raro, ¿verdad? —Ahora le asaltaban lágrimas por las mejillas. A Antonio también—. Gracias por cuidar de ellos. No podría haber caído en mejores manos. No te conozco y te quiero, Antonio. No dudes ni un solo minuto de que nunca haré nada para separaros.

En ese momento entraron madre e hijo y abrazaron a los dos hombres. Lágrimas de felicidad inundaban la cocina. Se tocaban la cara, la cabeza, y Jaime los apretaba como aquel niño que llegó y no quería separarse nunca más de aquel entorno.

María había terminado de hablar por teléfono y, al llegar a la cocina, se quedó parada mirando la escena. Jaime la miró y con un ademán la invitó a unirse a los abrazos y a los mil te quiero que llenaban las caricias. José y Maite se cogieron de la mano al ver ese final tan emotivo. Se miraron y, con un gesto de amor eterno, se dijeron el uno al otro desde el umbral de la puerta:

—¡Gracias, te quiero!

Una complicidad amorosa volvió a unir aquello que nunca debió separarse. Los dos rieron como tontos y apretaron sus manos para no soltarlas nunca más.

EPÍLOGO

Habían pasado diez años de todo lo sucedido. Jaume se encontraba paseando por un parque del centro de su querida Barcelona.

Las cosas habían cambiado mucho para la vida de la familia Sonyer. Los años no pasaban en balde. Las tragedias e ilusiones, así como las idas y venidas del escritor por todo el mundo, pasaban factura.

Andaba tranquilo y pensativo. Tantas historias en su interior. Era el mes de mayo, una perfecta armonía de luz en la ciudad. Estaba solo, María había salido a comprar pan para la comida y Marisa andaba trabajando en su proyecto, que ahora, después de mucho pensar, había trasladado a la Ciudad Condal.

Jaume y María pasaban seis meses en cada ciudad. Nunca dejarían París, era el centro capital de sus vidas. Allí se conocieron, allí empezó de nuevo, allí nació su pequeña Marisa y se hizo grande como escritor. Pero, después de todos los acontecimientos de aquel 2023, nada volvió a ser como antes...

Ana había muerto ya hacía cuatro años. Jaume la echaba de menos y de vez en cuando soltaba unas lágrimas que María comprendía. No se enfadaba porque sabía que su marido la quería más que a nada en el mundo. Bien, a ella, a su hija y, ahora, a la pequeña Ana, nacida del matrimonio de Marisa y el joven Daniel. Sí, el joven chófer que había enviado la compañía del famoso premio.

Jaume se había encaprichado con el bueno de Daniel y lo contrató para llevárselo a todos lados. Con el tiempo fue imprescindible para el escritor. Y, mientras daba todo lo que podía por su nuevo jefe, andaba tonteando con Marisa. Para ser sinceros, ella andaba tonteando con Daniel, que, después de muchos rechazos por miedo a que Jaume lo descubriera, sucumbió a los encantos de la hija del patrón. Recordaba con media sonrisa el día que Daniel le dio la noticia. Dejó que el chico intentara explicarse, pero él ya sabía lo que le iba a decir. Jaume ya era mayor, pero la vista no le fallaba, y menos cuando se refería a su niña.

Después del tartamudeo y de tragar saliva, Jaume le pidió con una carcajada que lo soltara de una vez. Lo miró, le puso la mano en el hombro y con voz amable le soltó:

—Dani, ¿ya sabes dónde te estás metiendo? —El chico se quedó mirándolo, anonadado—. Mira, amigo, sé que te gusta y que harás lo posible por hacer feliz a mi hija. No soy yo el que te va a cerrar esa puerta. Sé que eres un buen hombre y sé también que nunca le harías daño. Mira, Marisa es una buena mujer. Pero has de saber que siempre lo ha tenido todo. Es caprichosa y no siempre acepta un no por respuesta.

—Lo sé —contestó Daniel, absorto por la reacción de Jaume.

—No, no lo sabes.

Y, con una sonrisa de oreja a oreja, se lo llevó al salón donde María y Marisa comentaban lo bien o mal que se lo tomaría papá.

Jaume, andaba algo distraído, manos entrelazadas en la espalda observando con cierta nostalgia el cielo de la ciudad.

«¡Por Dios, estaba viva!», pensaba mientras miraba ese parque donde había empezado todo.

Casualidades de la vida, el matrimonio acabó comprando un apartamento en la calle Ferrán Agulló, en frente mismo de Turó Parc, donde cincuenta años atrás desapareció Ana. No fue premeditado, sencillamente les salió una oportunidad única para comprar el piso y la aprovecharon. Ahora, cansado por la edad y pensativo, recordaba esos años de tanto sufrimiento.

Antonio seguía vivo y su hijo Jaime pasaba largas temporadas con ellos. A Marisa le encantó la idea de tener un hermano y se fueron conociendo.

El recuerdo más doloroso fue el de la muerte de Ana. Sintió que el universo se había consensuado para que los dos pudieran despedirse. Y así lo hicieron. La vida llena de altibajos de su querida Ana llegó a su fin. Después de médicos y de llevarla a los mejores especialistas del mundo, decidió que ya no quería luchar más. Se quedó en su casa en Puebla de la Reina, allá en Extremadura, con el bueno de Antonio, que tanto había luchado por ella y por Jaime.

Ese recuerdo le pesaba en el corazón, aunque no decía nada. María y él pasaban algunos días en Extremadura con la nueva familia.

Cuando la enfermedad de Ana llegaba a su fin, todos arribaron a la finca para estar con ella. Junto a Jaume estaba María, y Marisa con Daniel. Además, el bueno de José, que quiso estar a su lado. Con el recuerdo presente de Maite, fallecida un par de años atrás junto a él. «La buena de Maite que todos echaron de menos».

Ana intentó no dramatizar demasiado. Se quedó un rato con cada uno de ellos y les dio las gracias por el apoyo, sobre todo a su marido y a Jaime. El pequeño Jaime, que era ya un hombre hecho y derecho, un hombre de campo que había tenido que sobrevivir en su infancia con un gran peso a la espalda, con su madre enferma y una niñez llena de trabas y malas compañías. El último fue Jaume. Con nostalgia revivió ese momento:

—Gracias —empezó a decirle sin dejar que hablara—. Gracias por no olvidarte de mí. ¿Sabes, Jaume?... nunca dejé de amarte. No, no te sientas mal. A Antonio lo quiero más que a ti. —Los dos rieron—. Pero tú eres el amor de mi vida —le dijo con voz queda y, medio levantándose de la cama, le dio un abrazo.

Jaume le contestó con más lágrimas que palabras podían salir de su boca:

—Tú también, amada mía. Tú también.

Los dos se quedaron mirándose uno al otro. Él, con esa mirada penetrante llena de personalidad. Ella, con esos ojos azul celeste que recordaban el mar Caribe.

Made in the USA
Las Vegas, NV
08 October 2025

29256467R00132